「ふんふん……！ってことは、私は魅力てきってことよね？」
「え……そ、そうなりますかね？」

Sランク対魔師、序列第一位である
サイラスさんがそこには立っていた。
溢れ出る細いワイヤーが宙を舞うと、
次々とワイトたちが
細切れになっていく。

彼女もまたSランク対魔師の一人。
「……ベルティーナ・ライト。
ベルでいいよ」

「――黄昏刀剣炸裂（フルバースト）」
瞬間。
僕の両手から展開されている
黄昏刀剣（トワイライトブレード）が炸裂し、
幾多もの刀剣へと変貌する。

追放された落ちこぼれ、辺境で生き抜いてSランク対魔師に成り上がる2

御子柴奈々

HJ文庫
920

口絵・本文イラスト　岩本ゼロゴ

目次

プロローグ　引(ひ)き継(つ)ぐ意志

古代蜘蛛(エンシェントスパイダー)の襲撃(しゅうげき)から一ヶ月(かげつ)が経過した。僕(ぼく)は無事に退院して、その後は襲撃を鎮圧(ちんあつ)した功労者ということで表彰(ひょうしょう)されることになった。

敵を撃退(げきたい)するという行動は、至極(しごく)当然のことをしたに過ぎない。だが、その行動によって守ることのできた命があったのなら本当に良かったと思う。

現在は第一結界都市の復興が進んでおり、前と全く同じとまではいかないけれどそれなりに街並みも綺麗(きれい)になっている。

そして僕は第一結界都市から元々いた第七結界都市に戻(もど)ることになった。

学生としての身分に変わりはないけれど、これからはＳランク対魔師(たいまし)として活動していくことになる。任務がある時は学業よりもそちらが優先になり、学生として生活する時間は短くなるかもしれないという話も聞いた。

Ｓランク対魔師は人類の可能性の象徴(しょうちょう)。

言(い)い換(か)えると、希望である。

だからこそ、僕はそれを背負っていかなければならない。

「ユリア。どうしたの、ボーッとして」

「ん？　いや、ちょっと考え事をしてただけだよ」

馬車での移動中、シェリーが声をかけてきた。今はちょうど、僕とシェリーとソフィアの三人で第七結界都市に戻っている途中だった。

入院してから退院し、そして表彰されるまでの間、二人ともまだ第一結界都市にいたようだった。

それは事情聴取などもあったみたいだけど、一番は復興を手伝っていたということが大きい。今はかなり復興も進んでいるということで、僕たち三人はこうして第七結界都市へと向かっている。

またエイラ先輩とは、別れを済ませている。

「ユリア。今回の襲撃、本当にあなたがいてくれて良かったわ」

「いえ。先輩こそ、色々と手伝ってくださってありがとうございました。集中して戦えたのも、先輩のおかげです」

「う……真正面から褒められると、ちょっと照れるわね」

軽くはにかみながら、エイラ先輩はツインテールの先を指先に巻きつけていた。そんな様子はどこか可愛らしく思えた。

「ユリア。私たちはSランク対魔師だから、きっとすぐに会う機会があると思うわ。今は裏切り者の件もあるしね。また会いましょう」

「はい。先輩にまた会える日を、楽しみにしています」

握手を交わすと、僕らはそこで別れることになるのだった。

そして今は、馬車に揺られながら僕はぼーっと外の景色を眺めていた。シェリーとソフィアの二人は何か話しているみたいだったけど、僕はどうしても気になっていた。

あの時の戦闘が心に灼きついて離れないのだ。

「ユリア。お前は誰よりも優しく、そして強い対魔師になれるさ」

思い出すのは父の言葉だった。

僕は黄昏の世界へ追放されるまでは、学院では劣等生で父の言うような対魔師になれるなんて夢にも思っていなかった。いや、諦めていたわけではなかった。でも、心のどこかで偉大な対魔師になることなんて……それこそ、Ｓランク対魔師に届くことになるなんて思っていなかった。

けれど、心の奥底にはずっと父の言葉が残り続けていた。

父は僕には特別な力があるとも言っていた。

そんな僕の父親は対魔師であり研究者でもあった。

偉大な父であり、誰よりも人類のためを思って行動していた。そんな父のように、僕も少しは誰かの役に立てるような対魔師になることができたのだろうか？

ふと、そんなことを考えてしまう。

ギュッと握る拳。

それをパッと開くと、改めて自分の成し遂げたことを認識する。

「ユリア！　それにしても、すっごい活躍だったね！」

「ソフィア……ちょっと近いよ」

「いやいや、こればかりは言わせてよ！　あの襲撃の時、本当にユリアは誰よりも凄かったよ！」

「そうね……改めて、ユリアのおかげね」

ソフィアに続いて、シェリーもまたそう言ってくれる。それと同時に、その実感が確かなものになるのを僕は感じ取った。

「……そう言ってもらえて嬉しいよ。でも、まだ戦いは終わってない。僕はこれからも人類のために戦い続けるよ」

前回の襲撃はいったいどうして起こったのか。

それに裏切り者が存在しているのは確定しているし、ダンのような存在がまだ結界都市の中に存在しているのかもしれない。

僕たちは今まで、黄昏という外の世界だけに目を向けてきた。しかし、今は内側である人類にも敵がいると仮定する必要がある。

戦いはまだ始まったばかりである。だからこそ、さらに気を引き締めなければならない。

襲撃を鎮圧したのはまだ序章に過ぎないだから。

そうして僕たちは、無事に第七結界都市に到着するのだった。

◇

平穏な日常が戻ってきた。

といっても依然として人類が黄昏に対して大きく進歩したということではない。一見、あの襲撃が起きた前のような日常に戻っただけだ。

けれど、実際には何もかも同じというわけにはいかない。

あの襲撃に関していえば、間違いなく誰かによる介入があった。それは軍の上層部とSランク対魔師の中で共有されている情報だ。

人類を裏切っている人間がいる。

僕らはその裏切り者に対して、どうやって戦っていくべきなのか。今までずっとこの結界都市の外にいると思っていたけれど、実際には内側にも敵がいるなんて考えたくもない事実だ。

その事実に対して僕らはどうやって立ち向かっていくのか。軍の中でも情報部やSランク対魔師の高位の序列の人たちが中心になって調べるとは聞いているけど、僕は何故だか嫌な予感がしていた。

「ユリア。一緒にご飯でもどう？」

「シェリー。ソフィアは？　いつも一緒だったと思うけど」

「今日はちょっと用事だってさ」

「そっか。じゃあ二人きりだね」

「え……ま、まぁ……そうだけど。改めて言われると……そうね」

「ごめん。後半、あんまり聞き取れなかったんだけど」

「な！　なんでもないわ！　さ、行きましょう！」

「うん」

シェリーに誘(さそ)われて、僕らは学院の屋上で昼食を取ることにした。ここに来る前に二人で飲み物とサンドイッチを購入(こうにゅう)した。

僕はシンプルにたまごサンドで、シェリーはフルーツサンドを。彼女曰(かのじょいわ)く、甘(あま)いものには目がないとか。

「なんだか、戻ってくるとあの時のことが嘘(うそ)だったみたいに思えるわね」

「……そうだね」

二人で空を見つめながら、食事を取る。屋上に置いてあるベンチに体を預けて、この黄昏に支配された世界を呆然(ぼうぜん)と見つめる。

「ねぇ、ユリアは怖(こわ)くなかったの？」

「あの襲撃の時？」

「うん。私はね、すっごく怖かった。震えていたわ、ずっと。でもユリアは最初から戦う意志があったように思えたの」

「……正直、あの時はただ無我夢中だったよ。逃げ惑う人々に、暴れ回る魔物たち。自分にできることはないかと思って、すぐに行動に移せたけど……やっぱりそれは黄昏での経験が大きいと思う。魔物に対してあまり恐怖心を覚えなくなったからかもね」

シェリーに話すと、自然とあの時のことを思い出すことができた。

今思うと、黄昏での経験はあながち無駄ではなかったのかもしれない。自分が黄昏に適応して、強くなったおかげで守ることができる命があったのだから。

「そう……やっぱりユリアは凄いわね。でも、私はもっと頑張るわ。早くあなたに追いつけるようにね」

「シェリーならきっと、すぐに強くなるよ」

「ユリアにそう言われると、本当にそうなるのかもしれないわね」

「うん。だからこれからも一緒に頑張っていこうよ」

「一緒には無理ね」

「え」

と、僕は間抜けな声を漏らしてしまう。

それは予想していたのとは、全く違う言葉が返ってきたからだ。

「だって、ユリアはもうSランク対魔師でしょ？」

「そうだけど」

「それなら、任務も多くなるでしょ？　黄昏に赴くことも、多くなると思うわ」

「そ、そうだね」

「それにユリアは黄昏での経験がある。人類がまだ進めていない、未開拓区域にも行ってる」

「う、うん」

「その経験があるなら、絶対に新しい任務があるに決まってるわ！」

「えっと……どうしてシェリーがそこまで熱くなってるの……？」

純粋な疑問を投げかけると、彼女はずいっと僕の方に顔を寄せてきた。

「それはユリアの当事者意識が足りてないからよ！　あなたは実際に凄い存在なんだから、これからはちゃんと自覚してよね！　学院内でもあなたの話で持ちきりなのよ！」

「え、そうなの？」

「ユリアには聞こえてないの？」

「うーん。なんか遠目にボソボソと話してるなぁ……くらいかな」

「はぁ……まぁ、変に威張るのもおかしいけど、もっとシャキッとした方が風格も出ると思うわよ？」

「僕に風格か……」

顎に手を当てて考えてみる。シェリーが言いたいのは、Sランク対魔師としての立ち振る舞いに関してだろう。

やはり改めて考えてみると、自分に足りないのはその自覚なのかもしれない。もっと前に出て、Sランク対魔師として振る舞っていくべきだと思った。

それと同時に僕は、父親のことを思い出していた。Sランク対魔師になって改めて、僕は父さんの言葉を心に刻みつける。

「そうだね。意識はちょっとしてみるよ。それに、父さんの言葉も改めて思い出したよ」

「ユリアのお父さん？」

「うん。もう亡くなっているんだけど、対魔師をしながら研究者をしていたんだ」

シェリーが気まずくならないように、僕はさっきと同じ調子で話を続ける。父さんの死については、もう整理がついているから。

「対魔師でありながら、研究者をしていたの？　それは珍しいわね。普通は両方を兼ねることなんてないのに」

そう。

シェリーの言う通り、対魔師と研究者は真逆の関係にある。

対魔師は黄昏で戦うことを主としているけど、研究者は結界都市内の研究所で黄昏に関する研究をしている。

外にいるのか、内にいるのか。その違いはかなり大きい。

だからシェリーは珍しいと口にしたのだ。

「うん。本職は研究者だったんだけど、実地でのサンプルも欲しいってことで対魔師としても活動をしてた。その時にずっと言ってたんだ。僕には大きな力があるって。いつかそれが、人類の希望になるかもしれないって」

「それって……もしかして、ユリアが黄昏に対して強い適性があることを小さい頃から見抜いていたの？」

「実際には、どうなのか分からない。当時はただ才能のない僕を慰めるための言葉だと思っていた。けど、黄昏に追放されてこうして黄昏に対する適性や、強い魔法力を手に入れたことでその言葉は真実だった……のかもしれない」

父は気高い人だった。

尊敬できる素晴らしい人だった。

自分の時間を、命をかけて研究を続けていた。絶対に自分たちの世代で黄昏に支配されているこの世界をどうにかするのだと、その使命を抱いて前に進み続けていた。

僕の頭を撫でながら、「ユリアは、人類を救える対魔師になれる。父さんはそう思う」と言葉をかけてくれていた。

黄昏に追放され、自暴自棄になりそうな時もあった。

もう終わってもいい。

こんな苦しい思いをするのなら、死んだ方がいいのかもしれない。そんなことを考えたことは、何度だってあった。

でもその度に、父の顔が心の中で過ぎった。

父さんが亡くなったのは、黄昏に遠征に行った時に強力な魔物に出会ってしまい、そこで致命傷を負ったのが原因だった。

母は僕が物心つく前に病気で亡くなっている。

僕にとって家族は、父さんしかいなかった。

そして、病院に行くと父さんはギュッと僕の手を握って最期の言葉を残した。

「ユリア……どうか、人類を頼んだぞ……」

その言葉があったからこそ、僕は今も戦い続けることができている。

それがなければ、どこか心が折れていたかもしれない。父さんの遺志を引き継いで、ついにSランク対魔師にたどり着くことができた。

「そう……ユリアのお父さんは、本当に素晴らしい人ね」

「うん。誰よりも誇らしい、素晴らしい人だったよ」

そう話していると、ソッとシェリーが僕の手を握りしめてきた。

「きっとユリアなら、人類を導いてくれると信じてるわ」

凛とした声が響く。

風によって微かに髪が揺れ、彼女は淡い笑みを浮かべていた。

父さん。僕はどうやら、素晴らしい友人にも恵まれたみたいだ。

第一章　Sランク対魔師、序列一位の実力

僕はSランク対魔師として正式に活動を開始することになった。学生ではあるが、今後は黄昏での任務も多くなるだろう。

配属されてから改めて詳しく知ったのだが、対魔師の構造は次のようになっている。

最高司令部が頂点にあり、その下は実戦部隊とサポート部隊に分かれている。

実戦部隊は、Sランク対魔師からEランク対魔師までで構成されている。

Sランク対魔師は黄昏危険区域レベル５まで独断で進むことが許可されている。現在、黄昏危険区域はレベル５まで設定されており、そこから先は不可侵領域とされている。Sランク対魔師が作戦の状況次第によって、独断でレベル５まで進むことができるのはやはり、その強さ故だろう。

Aランク対魔師はレベル４まで進むことが許可されている。もちろん、Sランク対魔師のように独断で進むことはできない。

Bランク対魔師はレベル３まで進むことが許可されており、Cランク対魔師はレベル２

まで。

Dランク対魔師とEランク対魔師はレベル1まで出ていくことができるが、実際には結界都市内で憲兵として活動をしている。

ということで主に黄昏と呼ばれる場所で戦っているのは、SランクからCランク対魔師までとなっている。

サポート部隊は、黄昏研究部、情報部、医療班（いりょうはん）、武装製作部などに分かれている。

黄昏研究部は名前の通り、黄昏の研究をしている部署で主に黄昏症候群（トワイライトシンドローム）や黄昏の原因そのものを調べていたりする。

情報部は黄昏の情報、さらには結界都市内の情報を集めている部署だ。現在は裏切り者の件もあるので、それ専用のチームも設立されたとか。

医療班は傷ついた対魔師などの治療（ちりょう）、さらには黄昏症候群（トワイライトシンドローム）が悪化した一般（いっぱん）の人の治療などもしている。

最後に武装製作部は対魔師にオーダーメイドの武装を提供してくれている。僕としても、自分専用の武装などは欲しいと思っているのでそろそろ注文しようかと思っている。

以上が今の対魔師の構造。

僕はその中でもSランク対魔師に位置しているため、黄昏危険区域レベル3や4などの任務も十分にあり得る。レベル5はよっぽどのことがない限り行かないということで、主な任務はその二つになるだろう。

そして、僕にちょうど任務が課されることになった。

それは黄昏危険区域レベル3で魔物の不穏な動きがあるということで、その調査と可能ならば魔物を撃退するというものだった。

黄昏にいる魔物はかなり凶暴で時折、群れになって大暴走を起こしたりもする。それを事前に阻止するという目的で、今回は任務が下りてきた。

それにこの任務は序列一位のサイラスさんも後から合流するという話だ。

メンバーとしては僕とAランク対魔師が三人。後からサイラスさんも合流するということで、五人で任務をこなすことになる。

「初めまして。Sランク対魔師序列十三位のユリア・カーティスと言います。皆さん、今回はよろしくお願いします」

結界都市内で合流し、そこから黄昏危険区域レベル3へと進む手筈になっている。

すでにAランク対魔師たちは集まっていたようで、それぞれ自己紹介をして握手を交わしていく。

「……よろしく」

「よろしくな」

「よろしく」

しかしどうにも、僕を見る目がおかしいような気がしている。

まるで、軽んじているような……そんな感じだ。

でもそれはある意味当然なのかもしれない。Sランク対魔師に抜擢されたとはいえ、今までの僕に何か大きな功績があるわけではない。

直近だと、結界都市の襲撃を鎮圧したという実績があるけれど……それを実際にこの三人が目撃したわけではない。

ただ伝聞で知っているだけなので、僕の実力を疑っているのだろう。

それに年齢もまだ若いということで、今後は苦労するかもしれないとエイラ先輩に言われていたのを思い出した。

「ユリア。あなたの前まで、私が最年少のSランク対魔師だったから……先輩として一つ忠告してあげるわ」

「忠告、ですか？」

「ええ。年齢が若いということだけで、嫉妬してくる連中はいるのよ。いくらSランク対魔師だからといって全員が尊敬の対象として見てくれるわけじゃない。それこそ、その地位にたどり着きたい対魔師は数多くいるからね」

「なるほど……」

「だからこそ、毅然として振る舞うのよ。自分は何も気にしてない、お前たちに興味などないって感じでね」

「それでいいんですか？」

「いいのよ。その後、圧倒的な実力でも見せつければ畏怖を感じてくれるし。Ｓランク対魔師とはそういう存在だって思われた方がいいのよ。生半可でこの領域に来るべきではないと、忠告する意味でもね」

「……分かりました」

その言葉の通り、僕は何も気にしてないように振る舞って四人で黄昏危険区域レベル３へと向かうのだった。

「ふぅ……」

汗を拭う。

現在いる位置は、黄昏危険区域レベル２。

そこで魔物と接敵したので、ちょうど戦闘をしていたところだった。僕は不可視刀剣を駆使して戦っていた。接敵したのはホワイトウルフだった。

ホワイトウルフは黄昏放浪時代に幾度となく戦った相手だ。だからこそ、戦闘自体はすぐに終了した。

またＡランク対魔師たちの実力も流石で、連携をとってすぐに魔物を片付けた。伊達にＡランク対魔師ではないことを理解する一方で、向こうもまた僕の実力を少しは理解してくれたのか、先ほどの訝しげな視線は送られてこなくなった。

歩みを進める。

ついに僕たちは、黄昏危険区域レベル３までやってきた。

黄昏危険区域をどうやって区分しているかという話になると、そこには明確な定義が存在する。

それは黄昏の濃度だ。黄昏の大地を進めば進むほど、その濃度は濃くなっていく。つまりは、魔物はさらに強化され、一方で人間は黄昏の影響で上手く動くことができなくなってしまう。

高位の対魔師になるとその耐性（たいせい）もつくということで、黄昏危険区域で戦うこともできるが、長時間の戦闘になると危険になってくる。

それは黄昏症候群（トワイライトシンドローム）の進行が加速し、悪化してしまうためだ。いくら耐性があるとはいえ、長時間の戦闘は危険。

僕は黄昏に対してかなりの耐性があるが、Ａランク対魔師の三人はいくら実力があっても耐性は僕よりはない。だからこそ、早く終わらせようと歩みを進めているが……どうにも、周囲の様子がおかしいことに気がつく。


「敵がいない？」

「おかしいな」

「あぁ。黄昏危険区域でここまで静かなのは初めてだ」


僕以外の三人はそう話している。

確かに、人間が黄昏に出てきた際、魔物は一目散に人間を殺そうとしてくる。おそらくは気配や匂（にお）いのようなもので察知しているのだろうが、魔物は人間に対して明確な敵意を向けてくる。

ここに来るまでも、それなりの数の魔物と戦ってきている。しかし、このレベル3に来た途端、まるで何事もないような静けさに包まれている。

僕らは黄昏の光に照らしつけられながら、周囲の様子を窺う。

ここは発動しておくべきか……。

そう考えて僕は、黄昏眼によって周囲の様子を見てみることにした。

そして僕は現在の状況をはっきりと理解した瞬間、周りに向かって大声で警告を促した。

「下ですッ！　気をつけてッ！」

僕が知覚したのは、地面の下に生命反応があるというものだった。それは明らかに魔物であり、僕らを囲むようにして襲いかかってこようとしていた。

「……あれは？」

「ワイトじゃないのか!?」

「ワイト!?　それはレベル5の魔物だろう！　どうしてこんなところに！」

声を荒げている間にも、地面から這い上がってくるワイトに囲まれてしまう。

ワイト。

それは、大昔は人間だった存在だと言われている。

死ぬに死ねず、死神との取引によってアンデッドとして生き続ける代わりに、生きている存在を殺し尽くす魔物に成り下がってしまう。

暗い双眸は白熱の熾火のように輝いており、その冷たい真っ白な手は生物の生命力を奪い取る。

魔物の中でもかなり危険度が高く、レベル５で遭遇するものとされている。それこそ、レベル４以上は完全に別次元の領域であり、そこの魔物とこんなところで遭遇するなど夢にも思っていない。

またＡランク対魔師とはいっても、これほどの敵と戦ったことはないのかかなり動揺している。

僕もワイトとの戦闘経験はない。

黄昏を放浪している時は、かなりの脅威ということで主に逃げていたからだ。しかし、今の自分ならば戦えるという自負があった。

前回の襲撃を経て、僕は自分の戦闘力が高くなっているのを感じ取っていた。いや、それは厳密にいえばさらに黄昏に対して適応している……と言った方が正しいのかもしれない。

不可視刀剣（インヴィジブルブレード）もまた、以前までは不可視のままが普通だったが今は周囲の黄昏の粒子（りゅうし）を吸い取って赤黒い剣（けん）として具現化するようになってきている。

これは不可視刀剣（インヴィジブルブレード）の最終形態とも呼ぶべき姿なのだが、それを常時使用できている。名称（めいしょう）をつけるなら、黄昏刀剣（トワイライトブレード）と形容するのがしっくりとくる。

「僕が先陣（せんじん）を切ります！　後ろからサポートをお願いしますッ！」

まずは黄昏眼（トワイライトサイト）によって、敵の位置を正確に捕捉（ほそく）。

そして、ワイトの周りにある黄昏領域（トワイライトフィールド）を吸収して、それを黄昏刀剣（トワイライトブレード）へと変換（へんかん）していく。

強力な黄昏刀剣（トワイライトブレード）が完成したところで、地面を駆（か）け抜（ぬ）けていく。

姿勢を低くして、黄昏刀剣（トワイライトブレード）も低く構えてから……一閃（いっせん）。

次々とワイトの首を弾（はじ）いていくが、相手はアンデッドであり首を落としたくらいではどうしようもない。

アンデッドに対しては光属性魔法を使うか、相手が再生できないくらい殺し続けるかの二択（たく）になるが……僕にできるのは後者しかない。

一方でAランク対魔師たちもやっと落ち着いたのか、光魔法によってワイトを撃退し始めているが、なにぶん数が多すぎる。

一体一体の力は決して強くはない。

僕たち四人の実力があれば、十分に対処することができる。問題なのは、その数だ。次々と地面から這い出て、僕らに襲いかかってくる。

どうする？

ここは黄昏刀剣（トワイライトブレード）の数を増やして、対抗（たいこう）するべきか？　でもそうなると、魔力（まりょく）の消費量が多くなる……今後のことを考えると、あまり魔力を使いたくはないが。

そう考えるけど、ここで出（だ）し惜（お）しみをしていても、意味はない。

死んでしまっては、本末転倒（ほんまつてんとう）だから。

そして改めて本気を出してワイトと戦おうとすると、目の前にいたワイトが細切れになっていった。

「これは……？」

振り向くと、そこには予想した通りの人が立っていた。

今の人類でこんな芸当ができる人はたった一人しかない。

「すまないね。急な会議があって、遅れてしまったよ」

Sランク対魔師、序列第一位であるサイラスさんがそこには立っていた。柔和な笑みを浮かべながらも、両手の動きが止まることはない。

溢れ出る細いワイヤーが宙を舞うと、次々とワイトたちが細切れになっていく。いくらアンデッドとはいえ、そこまで細切れになってしまえば再生することもできない。

圧倒的な蹂躙。

これこそが、人類最強と謳われているサイラスさんの実力。その片鱗しか目撃していないが、やはりそれは人類最強にふさわしいものだと思った。

そもそも、どうしてSランク対魔師が人類の希望と評されているのか。僕が知っている決定的な出来事といえば、黄昏に追放されるさらに前のことだ。

あの時は前回の襲撃と同じくらいに結界都市は騒然となった。

それは万を超える魔物の群れが結界都市に襲いかかってくるという情報が入ったからだ。

何年かに一度起こる現象、それは大暴走と呼ばれている。

大量の魔物たちが群れになって、結界都市に襲いかかってくる。それは幾度となくあった出来事ではあるが、その時の数は今までの中でも最多。

そこで人類は怯え、蹂躙されるしかない……そう諦めていたが、Ｓランク対魔師たちの活躍によって大暴走は完全に鎮圧された。

その中でも当時から序列一位であったサイラスさんは、前線を他のＳランク対魔師たちと維持し続け、単独で屠った魔物の数は一万を優に超えるという。ワイヤーという武器の性質からして、魔物の群れに対して相性が良いというのもあるのだろうが、それでも一万を超える魔物をたった一人で倒すというのは普通の対魔師では成し遂げることのできない偉業。

人類最強なのは間違いないが、サイラスさんはその中でも今までのＳランク対魔師最強と謳われている。

つまりは今まで存在してきた対魔師の中で史上最強ということだ。

その片鱗を目撃し、僕は唖然となった。

これが、これこそが人類最強の対魔師の実力であると。

その後。

無事に全てのワイトを倒し切ってなんとか落ち着くことができた。今回は調査という目的ではあったが、事前に強敵であるワイトを倒すことができて良かったと思う。

もしこれが、結界都市の近くで起こったならば数多くの死者が出ていたかもしれないからだ。

「ユリア君。大丈夫だったかい？」

「はい。おかげさまで助かりました」

「いや。実際のところ、僕の助けがなくても君は戦えていただろう？」

正直な話をすると、それはその通りだった。いくらワイトの数が多かったとはいえ、対処できない量ではなかった。

でも本気を出そうかと迷っている間にサイラスさんが加勢に来てくれたのだ。

「……そうかもしれません。でも、サイラスさんが来てくれたおかげで非常に楽に戦うことができました」

「それは良かった。本当はユリア君がSランク対魔師として活動していくからこそ、上司でもある僕が初めから付いてあげるべきだったけど……急な会議があってね。申し訳ないね」

なるほど。

　どうして僕とサイラスさんが組んで今回の任務に当たることになったのか。それはどうやら、新人の僕だからこそ序列一位であるサイラスさんと一緒に任務に当たれ……ということだったのかと理解する。

「今回の任務はこれで終わりだね。戻ろうか」

「はい」

　それから、Ａランク対魔師の三人も返事をして僕らは結界都市へと戻っていくことになった。

　そこでサイラスさんが僕に対してあることを尋ねてきた。

「ユリア君。君は人類がこの黄昏に打ち勝てると思っているかい？」

　青天の霹靂、とまでは言わないがそれなりに僕は驚いてしまった。

　それは、サイラスさんがそんなことを聞いてくるなんて思ってなかったからだ。でも、その問いに対する答えなど決まっている。

「はい。人類は絶対にこの黄昏に打ち勝てると思います。それに、勝たなければならないと思います」

　僕は改めて現状を踏まえて、そのことについて語る。

「人類は襲撃されてしまったとはいえ、まだ持ち堪えています。それにサイラスさんを含めてSランク対魔師の戦力もしっかりと整っています。十分に勝てる要因はあるかと。ここ最近は昔よりも対魔師の数が増えています。しっかりとした準備があれば、勝てるだけの戦力は整ってきていると僕は思います」

「そうか。君のような人間がSランク対魔師になってくれて良かったよ。これから改めて、人類のために戦っていこう」

「はい」

そうして僕らは、結界都市へと戻っていくのだった。

第二章　ユリアの日常

「……う。うぅん……朝か」

目が覚める。

黄昏の光が室内に入ってきて、僕はそれによって目を覚ました。あれから数日が経過して、僕はそれなりの数の任務をこなしていた。

中でも黄昏での戦闘が多く、以前よりも戦いに慣れてきたような感覚がある。おそらくは、上層部としては早く僕をSランク対魔師として使えるようにしたいのかもしれない。

また、他の対魔師にも少しずつ認められているような気がするけど……それは、畏怖も含まれているのかもしれない。

尊敬というよりも、まるで化物でも見ているような瞳。任務の中で先陣を切って戦うことがあったけど、それにはもう慣れてしまった。

僕が為すべきことは、この黄昏を打ち破ることなのだから。

そして今日もいつものように学院での生活が始まるのだった。

「ユリアさん。ご無沙汰しております」

「……え？」

ちょうど放課後になり、僕は買い物でもしようかと街に繰り出す予定だった。今日は生活雑貨などが少なくなっているので、買い足そうと思ったからだ。

そんな時、学院の外に出ると彼女に出会ったのだ。

それは……リアーヌ王女だった。

確か、各都市の街の様子を見るとかで第七結界都市にやってくるという話は耳にしていたが、それがまさか今日だとは知らなかった。

金色の髪がさらさらと流れ、美しい双眸はまるでガラス玉が嵌め込まれているようだった。完全に左右対称の顔をしており、どこか人間離れした容姿に見える。

「……こんにちは」

背後から声がしたので、バッと振り返る。目の前にいるのは、リアーヌ王女だけであり後ろには誰もいるはずがない。そもそも、背後に近寄られたら気配で気がつくはずだ。黄昏を放浪していた時は、周りの気配にはかなり鋭かった。そうしなければ、死んでしまうかもしれないから。感覚の鋭さ自体は、当時から全く変わっていない。

しかし、僕は全く感じ取ることができなかった。

そして、振り向くと視界には女性の姿が目に入る。

身長は僕よりも少し高く、髪色は銀でとても綺麗だった。美人ではあるが、少し鋭い印象を覚える。

僕は彼女とは一度だけ会ったことがある。

それは、彼女もまたSランク対魔師の一人だからだ。

「リアーヌ王女。お久しぶりです。それと……」

「……ベルティーナ・ライト。ベルでいいよ」

「えっとベルさん。僕もユリアで構いません」

「……ユリア君。よろしくね」

握手を交わす。

声は小さく、とてもか細いものだった。寡黙な人なのかな？　と思っているとリアーヌ王女が彼女について補足してくれる。

「ベルは私専属の護衛なのです」

「あれ。でも前回はいなかったような……」

「ベルにも仕事がありますから、ずっと一緒(いっしょ)というわけではありませんので」

「なるほど」

「しかし、前回の襲撃もあって……と。これはここで話す内容ではありませんね」

気がつけば、僕たちの周りには人だかりとまでは言わないけど、それなりの数の人たちが僕らのことを見つめていた。

それはやはり、リアーヌ王女が目立っているからだろう。

「ユリアさん。お話があるので、お時間よろしいですか?」

「はい。構いません」

「では、行きましょうか」

ニコリと微笑(ほほえ)むと、その場で翻(ひるがえ)る。

そして僕は、リアーヌ王女の後についていくのだった。

彼女に案内されてやってきたのは喫茶店(きっさてん)だった。有名なお店ではなく、街の隅(すみ)にあるとても小さなお店だった。

曰く、第七結界都市に来た時はよくここに来るとか。

「ここでなら、内密な話もできますので」

「内密な話、ですか？」

「はい。ベル、一応結界を張ってくれる？」

「……分かりました」

そう言うと、ベルさんは音を遮断する結界を魔法によって構築した。

これだけ徹底するということは、余程重要な内容なのだろうと僕は察する。

「最近調子はどうですか？　なんでも、少し任務が多いとか聞きましたが」

「そうですね。黄昏での戦闘が多くなっていますが、最近はかなり慣れてきました」

「そうですか。ユリアさんはあの襲撃を鎮圧した英雄ですから。当然ですね」

「英雄だなんて、そんな」

「いえいえ。謙遜なさらなくても、あれほどのことをしたのですから」

と、僕は恐縮しているとベルさんもまたそのことについて言及してくるのだった。

「……ユリア君。あの時は、改めてありがとう。私たちは何もすることができなかったから、本当に感謝しか……ない」

「自分は当然のことをしただけですから」

そうして話していると、リアーヌ王女がついに本題について触れてくるのだった。

「ユリアさん。今回こうしてお話をしようと思ったのは、裏切り者の件についてなのです」

「……裏切り者、ですか」

その言葉を聞いて、雰囲気はさらに鋭いものになる。

先ほどまでも明るく談笑していたわけではないが、雰囲気はガラッと変わったものになる。

「実は私は、情報部を統括していまして」

「そうなのですか？」

「はい。ベルも諜報活動などをしてくれるので、二人で協力して……という形にはなりますが」

「ということは進展があった、ということですか？」

そう尋ねると、リアーヌ王女は首を横に振った。

「いえ、特別何か進展があったわけではありません。ただ、裏切り者はSランク対魔師または最高司令部にいる可能性が高いと改めて分かったのです」

「……なるほど」

僕は目の前に置いてある紅茶に軽く口をつけると、リアーヌ王女は僕がカップを置いたと同時に話を続けてくれた。

「結界都市がどうやって成り立っているのか、ご存知ですか？」

「聖域なる領域で維持しているという話は聞いています」

聖域。

それは、結界都市の結界を維持している特殊な領域。

どのような理屈で結界を維持しているのか、詳しくは知らないが聖域によって結界が維持されているのは周知の事実である。

「そう。そして、その聖域に入ることができるのはＳランク対魔師と最高司令部の人間だけ。聖域は、特殊な魔法によって結界を維持しています。ただそれを一時的とはいえ、無力化できるのは……あまり考え難いことなのですが……」

「そうなのですか？」

詳しいことは知らないので、僕は素直に尋ねてみることにした。

「はい。これは内密にお願いしたいのですが、結界の維持は古代魔法によって維持されています。普通はたとえ聖域に入ることができたとしても、解除することは不可能なのですが……」

どうやら裏切り者の件は、僕が思っていたよりも根が深いようだ。

「しかし、そんな話を僕にしてもいいのですか？」

「ユリアさんは裏切り者ではないと思っていますから。そもそも、相手はおそらくＳランク対魔師をあの一室に集めたかったはずです。でも、そこからユリアさんとエイラが漏れることであの襲撃は鎮圧されてしまった。Ｓランク対魔師の中でも、ユリアさんとエイラは可能性が低いと思っています」

「ベルさんはどうなのでしょうか？」

ベルさんはそうなると、可能性としては高い方に入ってしまう。だから彼女のことはどのように考えているのだろうか。

「ベルは昔から信頼しているので、裏切り者とは思っていません……と言いたいところですが、それはあくまで感情論に過ぎません」

「……リアーヌ様。私は裏切り者ではありません。それは誓って絶対です」

「まぁ、ベルがずっとこう言うのですが……今のところ、誰が裏切り者なのかというのは絞れていないのが現状です。分かっているのは、先ほどの聖域に入ることのできる人間が怪しいという点だけですね」

「聖域に入ることのできる人間で、そこで古代魔法に介入できる人間が裏切り者……ということですか？」

「はい。私たちはそう考えていますが、相手も情報をほとんど残していません。ここから先はかなり厳しい戦いになると思いますが、相手は失敗しました。おそらくあの襲撃は千載一遇のチャンスだったはずです。それを失敗したならば、また何か仕掛けてくるかもしれません。次は絶対にこちらが先手を打てるように立ち回るつもりです」

凛とした声でそう告げるリアーヌ王女の瞳は、確かな覚悟が宿っているようだった。

あの襲撃で命を落とした人間は少なからずいる。

きっと、彼女は静かに怒りを燃やしているのだろう。

だからこそ僕もその力になりたいと思った。

「僕も何かあれば、すぐにお伝えしたいと思います」

「ありがとうございます。ユリアさんのことは信頼していますので、どうかよろしくお願いしますね」

優しく微笑みかけられるので、僕は少しだけドキリとしてしまう。改めて思うが、やはりリアーヌ王女はとても美しい人だと僕は思った。

「ユリアさん。この後、お時間はありますか？」

「はい。ありますけど、まだ何か？」

「少し買い物でもどうでしょうか？　お付き合いいただければ嬉しいのですが」

その提案を受けて、僕は素直に頷いた。

「もちろんです」

「ありがとうございます」

そして、リアーヌ王女はベルさんの方を向いて予想外の言葉を口にした。

「では、ベル。私はユリアさんと行ってきますので、あなたは自由にしていてください」

「……分かりました。先に宿に戻っています。少し、旧友にも会っておきたいので」

「ええ。では、また後で」

ということで、ベルさんは銀色の髪を靡かせながら颯爽と去っていった。

一方で残された僕は呆然としていた。

「では、行きましょうか。ユリアさん」

「え……は、はい」

もしかしてこれはデートというやつなのでは？　と思ったがあえて言葉にしないことにした。

そうして僕たち二人は、改めて街へと繰り出すことになるのだった。

「実は変装用にこれを持ってきているのです」

ニコッと微笑みながら取り出すのは、帽子とロングコートだった。

ベルさんから何か受け取っていたようだが、変装用の衣装だったみたいだ。

僕としてもリアーヌ王女はそこにいるだけで目立ってしまうので、どうするべきか……と考えていたがどうやら杞憂だったみたいだ。

きっと幼い頃から注目されることには慣れているので、対策などは心得ているのだろう。

長めの髪の毛をまとめて帽子の中に入れると、深くかぶる。

目元は見えているが、確かにこれなら先ほどよりも目立つ心配はない。

それにロングコートも相まって、一見すればリアーヌ王女とは分からない。

「第七結界都市には行きつけのお菓子屋さんがあるのです」

「お菓子屋さん、ですか？」

「はい。実は、私……甘いものには目がありませんので！」

リアーヌ王女と隣合わせになって歩きながら、そんな話を聞く。これは僕の偏見かもしれないけど、女性は甘いものが好きな人が多い気がする。

僕としても別に嫌いではないけど、女性はその傾向にあると思っている。

それに、隣を歩いている彼女も弾むようにして歩みを進めている。

それはまるでずっとこの時を楽しみにしているようだった。

僕は思い切って、そのことについて尋ねてみることにした。

「もしかして、今回はこれも楽しみで第七結界都市まで来たのですか?」

「……実は、それもあります。ただ名目はちゃんと出張ということで来ていますよ? 今は例の件も進行していますから」

「それでしたら、ベルさんと離れて良かったのですか?」

「ええ。ベルにも交友関係がありますし。それに何かあってもユリアさんが守ってくれる。そうでしょう?」

と、疑いのない瞳でじっと見つめてくるので少しだけ驚いてしまう。

しかし、その言葉を否定するなどあり得なかった。

「はい。リアーヌ王女のことはしっかりと守らせていただきます」

「はい。よろしくお願いしますね」

そんな会話をしながら、僕たちはリアーヌ王女の行きつけというお店に到着した。

結界都市は設立された直後などは食料事情がかなり大変だったと歴史の授業などでも学んでいるが、今は設立されてから百年以上は経過している。

食料事情も大幅に改善し、十分に都市内に住む人々が生きられるだけの食料を確保することができている。

でも、人は栄養を摂取するためだけに食事を取るわけではない。

食事を昔のように楽しもうと思うのは、至極当然のことだった。

そこで登場したのがお菓子の存在だった。

元々、作り方などは残っていたので食料事情が改善したので、人々にもお菓子を販売するだけの余裕はあるらしい。

もちろん、元貴族の人や軍の上層部の人などはもっと良い食事をしているのかもしれないが、普通の人々にとってお菓子などの楽しみがあるだけでも生活にハリが出るというものだ。

といっても、僕の場合は黄昏での経験で食事を楽しむということはすっかり忘れてしまっている。

黄昏では、食べることのできるものはなんでも食べてきた。

植物や虫だけでなく、死んだ魔物を口にしたことだってあった。いくらまずくても、それを口にしなくては死んでしまうから。

それで体調を壊したり、危ない目に何度かあったことがあるけどそれでも不思議と体は適応したのか、一年を経過すると基本的にはなんでも食べることができるようになっていた。

「じゃーん！　どうです？　美味しそうでしょう？」

「……初めて来ましたが、壮観ですね」

「えぇ！　それでは、二人で選びましょうか？」

名前自体は知っているけど、お菓子はあまり口にしたことはない。リアーヌ王女はとても目をキラキラと輝かせながら、お菓子を選んでそれを早口で店員さんに伝えていた。

彼女はどうやら、クッキーのセットを注文したようだ。

僕も同じものを、と思ったけれどせっかく一緒に食べるのだから別のものがいいだろう……ということで、僕はクリームののった甘い菓子パンを選ぶことに。

見るだけでも甘そうだけど、今回は挑戦するという気持ちも込めてそれを食べてみたいと思った。

僕らは互いに自分でお金を支払うと、それを持って近くの公園にたどり着いた。

「では、いただきましょうか？　夜ご飯の前に食べるのは、少々気が引けますが」

「はは。まぁ、軽くなので大丈夫でしょう」

夕暮れ時になり、黄昏の色は徐々に黒く変化してきている。

この世界には黄昏時と夜しか存在しない。

生まれた時からそうなので、今更特に何とも思わないがいつか青空というものを見ることができたらいいなと思っている。

「……うんっ！　とっても美味しいですね！」

「……これは確かに、なかなかに美味しいですね」

どうやら、甘さなどのバランスはしっかりと調整されているようで、パン自体は全く甘くなかった。

それがクリームの甘さとちょうど良く合って、とても食べやすかった。

どうやら何でも甘ければいい、というものでもないらしい。

「お菓子って、甘ければいいってものでもないんですね」

「そうなんです！」

今はベンチで隣合ってお菓子を食べていたのだが、リアーヌ王女が僕の方にズイッと体を寄せてくる。

その際に、女性特有の甘い香りが鼻腔を抜けていくが、今はそんなことを気にしている余裕はなかった。

近い。

かなり近い。

それにリアーヌ王女は気がついていないのか、その……胸が当たってしまっている。

けれど、僕がここで体を避けてしまうと嫌がられているのでは、と勘違いさせてしまうかもしれない。

こ、ここは冷静に努めるべきだろう。

大丈夫。僕は大丈夫だ……。

そんなことを考えている間にも、彼女は早口で話を続けるのだった。

「実はお菓子とは甘さなどのバランスも大切なのです！」

「な、なるほど」

「ではこのクッキーを食べてみてください」

「ありがとうございます」

スッと差し出されたのでクッキーを口にしてみる。すると口の中には甘さだけではなく、ハーブの香りが鼻へと抜けていく感覚が残った。

「ハーブですか？」

「はい！　確かに、お菓子にとって甘さというものは重要なものでしょう。しかし、何事もバランスというものが大切なのです。絶妙な甘さを保ちつつ、そこにどうやってアレンジを加えていくのか。このクッキーの場合は、ハーブなどを使っていますね」

「僕が頼んだこのパンも確かに、パン自体に甘さは全くありませんね。クリームも思ったよりあっさりとしていますし」

「そうなんです！」

グイッとさらに近づいてくる。

あぁ……もう、体がべったりとくっ付いているけど……これは耐えるしかないだろう。

どうやら、お菓子の話はリアーヌ王女にとってかなり興味のある話題のようだ。

「そのパンは何度か口にしたことがありますが、甘さのバランスが絶妙なのです！　第七結界都市だけでなく、他の結界都市でも同じような商品を口にしましたが……一番はやはり、この第七結界都市のものですね！」

「ということは、各都市をすでに把握していると」

「ええ。私ほどになれば、それは完璧に把握してますね」

彼女はよほど誇らしいのか、胸を張ってそう主張し始める。

リアーヌ王女のことは、年齢の割に大人びていてとても美しい人だと思っていた。けれど、今はどこか親近感が持てる普通の女の子のように見えた。

「……はっ！　私ってば、もしかして熱く語り過ぎてしまいましたか……？」

「えっと。とても饒舌でしたけど、それだけお菓子が好きなんですね？」

「それはその……はい。とっても大好きでして……」

少しだけ僕から距離を取ると、彼女は恥ずかしいのか顔を俯かせている。

頬にも朱色が差しており、照れているのがよく分かった。

でもそれはとてもいいことだと僕は思う。

何か好きなことがあるのは、それはきっと人生を豊かにしてくれるに違いないから。

「その調子だと、将来はお菓子屋さんを開きたいとか思っているんですか？」

冗談交じりにそう聞いてみた。

王女がお菓子屋さんを開くなんてあり得ないだろう。

僕は彼女の容姿も相まって、どこか王女というものを神聖視していた。

でも返事はすぐになく、彼女はバッと顔を上げると信じられない……という顔をして僕の方を見つめてきた。

えっと……もしかして、当たっているとか？

「ど、どうしてそのことを……!?」

「えっと……」

「もしかして、ユリアさんには他人の心を読む能力があるんですか！　それはずるいですよ！」

「いや、そんな能力はありませんけど……」

「まだベルにしか話したこと、ないのに！」

彼女は「うーっ……」と唸(うな)りながら、熱(ほて)っている顔を押(お)さえていた。

どうやら本当に将来はお菓子屋さんを開きたいと思っているようだ。

「僕はその……とても良いことだと思いますよ？」

「王女がお菓子屋さんを開きたいなんて、変だと思いませんか？」

「意外とは思いましたが、夢があることは素晴(すば)らしいことだと思います」

「でもそうですね……これは黄昏を打破できた後の話です」

打って変わってその顔はどこか寂(さび)しいものに変わる。

彼女は遠くを見据(みす)えながら、美しい声を響(ひび)かせる。

「黄昏から解放されたら、何をしたいのか。私はずっとそのことを目標に前に進んできました。でもだからこそ、今は人類のために私も戦う覚悟(かくご)があります。ユリアさんのように実際に黄昏に行って戦うわけではないですけれど、サポートという形で少しでも助力できたらと思ってます」

「……」

その言葉を聞いて思うのは、やはり彼女はとても大人であるということだ。きっとそれは、王女という立場がそうさせているのかもしれない。

僕は王族の振る舞い方、というものをはっきりと理解しているわけではない。

でも僕が予想もつかないような苦労などがあるのだと、そう感じた。

それと同時に思うのは、僕は黄昏から解放されたら……何がしたいのだろう？　ということだった。

嫉妬とはまた違うけれど、そんな夢を持っているリアーヌ王女が羨ましくてとても輝いて見えた。

「僕はその……ずっと黄昏を打ち破ることを考えていました。だから、その先のことを考えているリアーヌ王女はとても凄いと思います」

「そ、そうでしょうか？」

「はい。とても眩しいです。それに、先ほどお菓子の話をしている時はとても生き生きとしていましたよ？」

「も、もう……っ！　そのことは忘れてください！」

頬を膨らませて、僕のことを睨んでくるけれど全く迫力はなかった。

むしろ可愛らしさに拍車が掛かっている。

「いえ。忘れませんよ。僕は応援してます、心から。そうだ！　もしお店を開いたら僕が初めてのお客さんになりますよ！」

「ユリアさんが、ですか？」

「はい！　流石(さすが)に買(か)い占(し)めるのは他の人にも悪いのでできませんが、楽しみにしています」

「楽しみにしている……そうですか。あなたは本当に良い人ですね」

「いえ。リアーヌ王女こそ、とても立派です！　僕は……黄昏から解放された後の夢や目標なんて全く考えていません。今はただ、Sランク対魔師として、人類の希望としてどうやって戦っていくべきか。ずっとそんなことを考えています」

　僕もまた少しだけ自分の思っていることを口にしてみた。

「黄昏に二年間いた時もそうでした。果ての未来よりも、僕にとってその時、その瞬間(しゅんかん)の方が大切でした。でも……そうですね。僕も少し、将来のことを考えてみようと思います。あまり考えすぎると、足元を掬(すく)われそうですが、夢を見るくらい良いとは思いませんか？」

　夢を見る。

　それは決して、叶(かな)わない妄想(もうそう)をするのではない。

　いつか必ず成(な)し遂(と)げるのだと。

　その場所にたどり着くという誓いだ。

　まだ僕に黄昏を打破する以外の目標などはないけど、リアーヌ王女のように優しい夢を思い描くことができれば良いと思っている。

「ユリアさんならきっと、素晴らしい夢を抱くことができます。まずはそうですね……私のお店のお得意様になってもらいましょうか。毎日通ってくださいね」

「ははは。分かりました」

「ええ。約束ですよ」

小指を差し出してくるので、僕もまた小指を差し出して絡めるようにして約束をした。

いつかきっと、そんな平和な未来がやってくることを信じて——。

◇

「あー！　ユリアってば、指切りしてるよ！」

「嘘！　って本当じゃない！」

「ちょっと二人とも、隠れなさいよ。バレるわよ」

ユリアとリアーヌの二人が指切りをしているところを、ちょうど目撃していた三人の少女がいた。

ソフィア。

シェリー。

エイラ。

その三人は遠目からユリアとリアーヌの様子を窺っていたのだ。

どうしてそのようなことになっているのか。

それは、時間を少しだけ遡ることになる。


「ふぅ。やっと着いたわね」

第七結界都市に到着したエイラ。彼女は学生であり、第一結界都市の学院に所属しているのだが、Ｓランク対魔師としての仕事もある。

今回は第七結界都市でユリアのサポートをするという名目でやってきたのだが、それはサイラスが引き受けると言ったので本来ならば来る必要もなかった。

ただ、エイラとしてはユリアは初めて小さな自分のことを尊敬してくれる存在なので、可愛がりたい……というよりは、先輩風を吹かせたいという方が正しいだろうか。

ともかく、ユリアとまた近いうちに会うことになると自分で言っておきながら、自分の意思でやってきているのだった。

現在は第一結界都市は復興などもあるので、まだ学院にまともに通えるような状況ではない。

そのため、時間があるということで第七結界都市にやってきたのだ。

そして彼女は早速ユリアを驚かせようと思って、学院に向かうのだが……ちょうどそこで、リアーヌ王女とユリアが会話しているのが目に入った。

「ユリア、とリアーヌ。それにベルもいるじゃない」

ボソリと呟く。

エイラは桃色の長いツインテールを揺らしながら、三人のもとに合流しようと考えていた。

ユリアは言うまでもなく、リアーヌ王女とは幼少期からの付き合いである。エイラは貴族出身であり、王族とは度々会う機会があったからだ。

またベルとは同じSランク対魔師ということで、顔見知りだ。

ベルは友人は多くなく、エイラとも会えば挨拶を交わす程度の仲だが、あの三人の中に混ざるのは特に違和感もなかった。

そうして歩みを進めると、右手を誰かにグイッと掴まれるのだった。

「エイラ先輩！　ちょっとこちらへ……！」

「ソフィアとシェリーじゃない。どうしたの、そんな隅で隠れるようにして」

そう。

ソフィアとシェリーは物陰に隠れて、あの三人の様子を窺っているようだった。

それに対してエイラが疑問を呈するのは至極当然のことだった。

またユリアを通じて、この三人はすでに顔見知りである。

ユリアが襲撃を鎮圧して入院した時に、病院で打ち解けるほどに会話をしていたからだ。

「実はユリアのことを観察してるんです！　あのリアーヌ王女とどんな関係なのか、気になりまして！」

ソフィアが快活な声で、そう告げるとエイラは訝しげな顔を浮かべる。

「リアーヌとユリアの関係？　普通に顔見知りでしょ。それに会いに来た理由も……」

その先をエイラが言葉にすることはなかった。

それは、Sランク対魔師と軍の情報部しか知らない機密情報だから。

リアーヌ王女がベルと協力して情報部で裏切り者の件を探っているのを、エイラは知っていた。

だからこそ、裏切り者として最も可能性が低いユリアに忠告をしに来たのだろう……とエイラは考えていた。

もちろん、それをソフィアとシェリーに言うわけにもいかないので、そのことは胸の内に秘めておくことにした。

「で、この後どうするのよ？」

とりあえず、エイラはそう声をかけた。

するとソフィアはあることを提案してくるのだった。

「ユリアたちを追いかけます！　そして、真実を明らかにするのです！」

どうやら、ソフィアはユリアのことをつけるつもりのようだった。そして、シェリーもまた小さな声で何かをボソッと呟く。

「前からユリアは鼻の下を伸ばしてたから……ちゃんとリサーチしておかないとね……はっ！　べ、別に私はソフィアに誘われたから、ここにいるだけですよ！」

と、何も聞いていないのにエイラに言い訳めいたことを口にする。

彼女は心の中で、「はぁ……」とため息を漏らしながら仕方なく、ソフィアとシェリーの二人とともに行動を共にすることにした。

「分かったわ……私も同行してあげるわ」

「わーい！　やっぱり、先輩は分かってますね！　っと、目標が動き始めたようですよ！」

目標というのはユリアのことを指している。

そしてユリア、リアーヌ、ベルの三人が移動しているのを見て彼女たちも移動を始めるのだった。


「むむ……人気の少ないところ、それにこんなところにお店ってあった……？」

「さぁ、少なくとも私は知らないわね」

リアーヌに先導されてユリアたちが歩みを進めていったのは、路地裏にある小さな喫茶店だった。

しかし、そこは第七結界都市に住んでいる二人も知らないような場所だった。

そもそも、こんな狭い路地裏にお店があるなんて考えたこともなかったようだ。

その一方でリアーヌは間違いなく、ユリアに裏切り者の件を話すつもりなのだとエイラは理解した。

このままでは二人が一緒に喫茶店に入りかねない、ということで先に釘を刺しておくことにした。

「とりあえず、出てくるまで待った方がいいわね」

「そうですか？」

「ええ。中まで入ると、流石にバレるでしょう？　それに窓からユリアの顔はちょっとだけ見えるみたいだし」

「本当ですね！　では、そうしましょう！」

この件に対して、シェリーは照れているのか何も自分の意見を言うことがないので、ソフィアを説得するだけで十分だった。

そしてそれと同時に、音声を遮断する結界が張られるのをエイラだけが感じ取った。またどうやらベルだけはこちらの気配に気がついているようだった。

窓が微かに鏡のように反響して、室内にいるベルと目が合う。

エイラはとっさにハンドサインで情報を伝えると、ベルはコクリと頷いた。

伝えた内容は「ちょっとしたお遊びだから、気にしないで」というものだった。

ベルティーナ・ライト。

年齢は二十代後半。特に刀に特化した対魔師であり、彼女は秘剣と呼ばれる特殊な剣技を扱う。

五メートル以内の戦闘に限れば、サイラスを上回ると言われているほどに彼女もまた卓越したSランク対魔師である。

伊達にSランク対魔師序列二位ではないのだ。

そのため、気配を察知する能力はずば抜けており、それもあってリアーヌの護衛に抜擢されている。

今回は敵意がない、エイラらが同伴していることでベルもまた三人をそのままにしておく判断を下した。

そして室内での話が終わったのか、三人が店から出てくる。

その後ろをこそっとつけていると、どうやらベルはここで別れるようだった。

つまりはユリアとリアーヌが二人きりになるということ。

またリアーヌがユリアに優しく微笑みかけて、ユリアもそれを見て微笑み返している場面をちょうど三人は目撃していた。

「お……！　やっぱりこれは、何かあるに違いない！　シェリー、二人きりになるみたいだよ！」

「ユリアってば……王女様なんて、高嶺の花過ぎるから。きっと夢を見ているのね」

そう話している後ろで、エイラは背後に誰かが立っているのを感じ取った。

それは先ほど別れたベルだった。

どうやら完全に気配を遮断して、彼女に近づいたようだった。

エイラは少しだけソフィアとシェリーから距離をとって、ベルとの会話を試みる。

「……エイラちゃん。久しぶりだね」

「といっても、前のパーティー以来だけどね。そのあとはあの襲撃があったけど」

「……そうだね。それで、あの二人は？」

「まぁ野次馬根性ってやつかしら？　ユリアのことが気になるみたいね」

「……なるほど。やっぱりユリア君は、モテるんだね」

「やっぱりって、どういうことよ？」

ベルはまだユリアのことを詳しく知らないはずだ。

だというのに、ベルがそんなことを口にするのがエイラにとっては不思議で仕方がなかった。

「……ユリア君はとっても優しい人だから。リアーヌ様も気に入ってる」

「え……もしかして、リアーヌはユリアに惚れているの？」

「……いや。そうじゃないけど、いつかそうなるかも？」

「私としては前途多難になりそうだから、オススメはしないけどね……」

「……それはリアーヌ様次第」

そしてベルはスッと後方へと下がっていく。

「行くの？」

「……うん。会いたい人が、まだいるから」

「そ。リアーヌことは私も見とくから、大丈夫よ」

「……ありがとう。エイラちゃん、またね」

ベルは軽く手を振ると、そのまま気配を消した。一方でソフィアとシェリーは二人きりになったあの二人のことがよほど気になるのか、気がつけばかなり距離が空いていた。

「……先輩！　早く行きますよ！」

小声ではあるが、懸命にエイラのことを呼びかけるソフィア。

シェリーは完全にあの二人に釘付けになっているようだった。

「はぁ……全く、世話のかかる後輩たちね」

そんな愚痴を漏らしつつも、エイラはどこか楽しそうに微笑むのだった。

それからユリアとリアーヌの二人がベンチに座るのを、彼女たちはずっと見つめていた……というのが今回の事の顛末である。

その途中、どうしても声が聞きたいので少し近づいてみたが、三人が聞いたのは二人の将来に関する話だった。

とても真剣で、真面目な話だった。

流石にそれを盗み聞きをするのは悪い、ということでユリアをストーキングするのはそこまでにして、三人は改めて街へと繰り出すのだった。

「王女様とユリア。真面目な話してたね」

「そうね。私もユリアと同じで、黄昏をどうにかすることしか考えてないけど……先のことか。ソフィアは何かあるの？」

「う～ん。どうだろ、私も何もないかも」

腕を組んで唸って考えてみるが、ソフィアもまた先のことはよく分からないらしい。

「先輩はどうですか？」

エイラは迷うことなく、それに答えた。

「私は旅をしてみたいわね」

「旅ですか？」

「ええ。私たちが知っている世界って、この結界都市と黄昏に侵された外の世界だけでしよ？　自分の限界って、結局世界の限界なのよ。だって、そこにあるものを知らなければ、ないのと同じでしょ？　だから私はもっと世界を知りたい。自分の限界を知りたいって、ずっと昔から思っているの」

　ユリアたちの話を聞いて、エイラは自分の夢のことを思い出していたからこそ、スッと出てきた言葉だった。

　彼女は外の世界をもっと知りたかった。

　黄昏に侵されていない世界の情報は、文献などで知ることができる。

　青い空に、白い雲。それに、地平線を見渡す限りの海。

　彼女はいつかそれらを、実際に自分の目で見たいと幼い頃から考えていたのだ。

「そうですか。なら、私もそれに同行しちゃいます！」

　ソフィアが予想外のことを言うので、エイラは眉を思い切り上げて驚いた表情を作る。

「え？」

「だって、それってとっても楽しそうじゃないですか！」

「そうだけど……当てもないのよ？」

「それくらいがちょうどいいですよ！　ね、シェリー」

「はい。私も、とっても素敵だと思いますよ」

「そう……」

エイラは空を見上げた。

そこには黄昏に侵された世界しか映っていない。

しかしいつかきっと、この黄昏の果てにたどり着くことができるのなら……世界の果てまで行ってみたいと——そう願うのだった。

◇

休日がやってきた。

ここ最近はずっと学院と任務の繰り返しだったので、全く何もない休日というのは本当に久しぶりだった。

だいたい、学院が休みの時はSランク対魔師として黄昏での任務が多かったので、こうしてゆっくりとできる日はなかった。

「……朝か」

しかし、習慣というものは否応なく僕を起こしてくる。

こればかりはきっと変えることはできないのかもしれない。そもそも、黄昏にいた二年間はぐっすりと眠ることなどできなかった。

そうしてしまえば、魔物に襲われて死んでしまうかもしれないからだ。

だからこそ、睡眠は浅く細かく取るのが普通であり、今のように安全な環境でぐっすりと眠ることができるのは貴重なことだと改めて思う。

けれど、流石にまだ熟睡はできないようで普通に黄昏の光によって目が覚めてしまう。

まずは軽く顔を洗って、朝食を取ることにする。

その間に、何をしようかと考えてみる。

せっかくの休日なのだから、一人でずっと寮の部屋にいるのはもったいないだろう。

そう考えていると、ここ最近はゆっくりと読書をする暇がないことに気がついた。

そうだ。

本屋で何か新しい本を買うことにしよう。

それで今日一日を潰そうかと思った。

幸いなことに、僕はSランク対魔師として活動しているので、報酬はそれなりにいい額をもらっている。

散財する趣味もないので、基本的には貯めているのだが今回は良い機会だろう。いつもよりもちょっと多めに本を買おうと考えて、僕は早速街へと繰り出していくのだった。

「あれ？　シェリー。奇遇だね」

僕が学院から出ていくと、ちょうど見知った後ろ姿を見つけたので声をかけてみることにした。

「ユリア？」

「シェリーも街に行くの？」

「ええ。休日だし、ちょっと買い物でもしようかと思って」

ちょうど良い。

シェリーとは学院では話しているけど、外ではあまり会う機会もないので一緒に行こうかと僕は提案するのだった。

「僕もちょうど街に行こうと思ってたんだ。一緒にどう？」

「えっと……その。いいけど……」

顔を少しだけ背けながら彼女は許可してくれた。

どこか様子がおかしいけど、何かあるのだろうか？

「ちょっと顔が赤いけど、大丈夫？」

「だ、大丈夫よ！　さ、行きましょう！」

くるりと翻ると、シェリーはスタスタと歩みを進めていく。

僕もまたそれを追いかけるようにして、一緒に街へと繰り出していくのだった。

「ユリアは確か、休日も忙しそうにしてたわよね？」

「うん。ここ最近は休日は任務が多かったから。主に黄昏危険区域で魔物と戦っていることが多いね」

「流石はSランク対魔師ね。でも、ユリアなら余裕なんじゃない？」

「う一ん。魔物と戦うこと自体は、もう慣れているけど……やっぱりあんまり時間に余裕がないのはちょっと辛いところかな」

「そっか……確かに、学院とSランク対魔師の任務が重なると時間的な余裕なんてほとんどないわよね」

「まぁ、そんな弱音も吐いていられないけどね。今日はそれに、久しぶりに何もない日だからゆっくりしようと思って」

僕たちは隣合わせになって、会話を続ける。

余裕がない日々が続いていたので、こうしてシェリーとゆっくり話せるだけでも僕にとっては十分な癒しになっていた。

「ユリアはそれで、街には元々何をしに行くつもりだったの？」

「本屋に行こうと思って」

「本屋？」

「うん。新しい本でも買おうかなって」

「そういえば、ユリアは本を読むのが好きだったわよね」

Sランク対魔師になってからはあまり読むことができていないけれど、黄昏に行く前は学院の図書館に行って読書をよくしたものだった。

今となっては、少しだけ懐かしいような気もする。

結界都市に帰ってきてからは、本当に怒涛の日々だった気がする。

あっという間にSランク対魔師に抜擢されたと思いきや、その後は例の襲撃があった。ただ無我夢中になって戦って、その後は第七結界都市に帰ってきてSランク対魔師として任務などに忙殺される日々。

あれ……もしかして僕って、今まであまり考えないようにしてたけど、忙しない日々を送ってきたんだなと改めて知るのだった。

「ユリアってどんな本が好きなの？　いつも歴史の本ばかり読んでいるイメージだけど」

僕らは本屋に着き、何の本を買おうかと考えている最中だった。

そんな時、シェリーがどんな本が好きなのか尋ねてくるので僕は少しだけ考えたのち、素直に答えるのだった。

「うーん。歴史の本も好きだけど、あれは勉強の側面が強いしなぁ……娯楽っていう観点なら、小説が好きかな」

「へぇ。どんなジャンルが好きなの？」

「どうだろ。でも、恋愛系は好きかもね」

「え……」

シェリーはその場でピタリと止まってしまう。

こと、恋愛などに関しては女性はよく話しているのは目にするが、男性の方はそうでもない。

といってもそれはあくまで僕が学院で過ごしてきて、感じてきたイメージに過ぎないけど。

どうやらシェリーはかなり意外と思っているのか、驚いた顔をしている。

「意外だった？」

「意外というか……ユリアって、そういうことに興味なさそうだから」

「……割と希薄かもしれないけど、恋愛そのものに興味があるというよりは、人の感情の動きが好きなのかも」

恋愛をメインにした小説では、人の感情の動きなどがよく分かる。

登場人物たちがどのように考えて、動いているのか。

僕はきっとそれが知りたくて小説を読んでいるのだと思う。

「恋愛もそうだけど、人の感情の揺らぎに僕は魅力を感じるんだ」

「なんだか……大人っぽいことを言うわね……」

「はは。まぁ偉そうに言ってるけど、純粋に小説が好きなだけだよ。その他に、特に趣味もないしね」

そんなことを話しながら、僕は二冊の本を手に取った。

タイトルとあらすじ、それに新しく出た本ということで適当に選ぶことにした。

「ねぇ、ユリアのオススメってある?」

シェリーもまた興味があるのか、そう尋ねてきた。

「シェリーも読書するの？」

「私はあまり本を読んでこなかったけど、これを機会に読むのも良いかなと思って。ダメかしら？」

「いや、そんなことはないよ。えっと……」

そして僕は自分の欲しい本を数冊、シェリーは僕がオススメした本を一冊購入した。

本屋の外に出ると、ちょうどお昼時ということで一緒に食事でもしようかと僕は提案してみることにした。

「シェリー。もし時間があるなら、一緒に食事でもどう？」

「……ユリアってさ」

「うん？　どうかした？」

半眼でじっと睨んでくるので、何か悪いことを言ってしまったのだろうか。

「妙に女性慣れしてるというか、ナチュラルにそういうとこあるわよね」

「……えっと、よく分からないけど。つまり……？」

「ま、そこがあなたの美徳かもね。悪徳でもあるかもしれないけど。いいわ。一緒に行きましょう」

「……？　う、うん」

どうやら僕に話しかけているというより、それは独り言に近いものだったみたいだ。

それから昼食を取ることになったのだが、二人ともあまりお腹が空いていないということで、軽食程度で済ますことにした。

その際、シェリーがずっとチラッと僕の様子を窺っているので、逆に僕の方から聞いてみることにした。

「シェリー。僕の顔に何かついてる？」

「え……っ！　べ、別に何もないけど？」

「それじゃあ、なんで僕の顔をチラッと見てたの？」

「う……やっぱり、気がついちゃうわよね」

「まぁあからさまだったし。それで、何かあるの？」

するとシェリーは、意を決してあることを聞いてきた。

「先週のその……リアーヌ王女と一緒にいたじゃない？」

「うん。それがどうかした？」

「えっと……何話してたのかなー、なんて」

髪の毛をくるくると弄りながら、彼女は僕と視線を合わせないようにしてそんなことを尋ねてきた。

ここは素直に話すべきじゃないだろう。

僕としても、嘘をついたり誤魔化(ごまか)したりするのは心が痛むけれど、裏切り者の件を話すわけにもいかないし……。

それに、リアーヌ王女と話した将来のことを明かすのも、ちょっと違(ちが)うだろう。

「仕事のことがメインかな」

「仕事って、Sランク対魔師としての仕事？」

「うん。リアーヌ王女は情報部の統括的(とうかつてき)な仕事もしているみたいで。それで、僕に話したいことがあるから、来たらしいよ」

「そ、そうなんだぁ……良かったぁ」

「良かった？」

「ううん！　なんでもないの！　うん！」

ブンブンと手を振って誤魔化しているが、確実にシェリーは良かったと言ったはずだ。

しかし、一体何が良かったのだろうか……僕には全く理解できないし、これ以上追及してほしくなさそうにしているので話はそこで打ち切られた。

そうして特にすることもなくなったので、僕たちは学院の寮へと戻ることにした。

そこでシェリーは急に立ち止まる。

どうしたのだろうかと思っていると、彼女は真剣な様子で僕の瞳を見つめてくる。

「ユリア。ちょっと相談なんだけど」

「どうかしたの？」

あまりにも緊張しているようなので、僕もまた少し緊張してしまう。

一体シェリーは何を言おうとしているのだろうか。

「ユリアの時間がある時でいいの！　本当に余裕のある時でいいから、私に稽古をつけてくれない？」

シェリーはこれをずっと言いたかったのだろうか。

そして僕は、それに対してもちろんと答えたいところだったけど……少しだけ思案してみる。

きっとシェリーがそう頼むのは、彼女の知っている人間で一番強い人間が僕だからだろう。

確かに僕はSランク対魔師として活動をしているし、魔法を含めた戦闘力は黄昏を放浪していた二年間でかなり鍛えられた。

しかし僕に足りないのは、誰かにものを教えるという技術だ。

はっきり言って、僕は自分の能力を明確に言語化して教えることができるとは思ってない。

黄昏で生きるために戦い、その結果身につけた能力。

正直なところ、僕がシェリーに教えることができるとは到底思えなかった。

と、その時僕はリアーヌ王女との別れ際にベルさんに言われたことを思い出していた。

あれは確か、二人が泊まる宿にリアーヌ王女を送りに行った時の話だった。

ちょうどベルさんがリアーヌ王女のことを待っており、その時に彼女はこう言ったのだ。

「……ユリア君」

「はい。なんでしょうか？」

「……もし、何か困ったことがあったらなんでも言ってね？」

「なんでもですか？」

「……例の件もあるけど、ユリア君はまだSランク対魔師になったばかりでしょう？」

「はい」

「……だから先輩として、力になれるならと思って」

「ベルさん……ありがとうございます。その時はまた、ご相談させてください」

「……うん。しばらくは第七結界都市にいるから、何かあったら言ってね」

「ありがとうございます」

それがちょうど、先週の話だった。

そうだ。

僕なんかと違って、ベルさんは経験も段違いだ。

それに彼女はSランク対魔師序列二位。

女性はやはり、体力的な面で男性に劣ってしまうので高ランクの対魔師は男性が多くなるのだが、その中でも序列二位に位置している。

確か、サイラスさんが獅子奮迅の大活躍をした時はベルさんも最前線に立って、魔物達の相手をしていたはずだ。

その実力は折り紙付き。

それに、僕とは違ってシェリーに対して適切な教え方をしてくれるかもしれない。

ちょうどいいことに、僕もベルさんに戦い方を教えてもらいたい。

僕が有している黄昏刀剣（トワイライトブレード）は刀剣（とうけん）に分類されるので、刀のエキスパートであるベルさんに教えてもらうのは改めていい考えだと思った。

そして、僕はシェリーにそのことを話してみた。

「え……！　序列二位の人って、ベルティーナ・ライトさんよね？」

「知ってるの？」

「知ってるも何も、最強の対魔師と言われている人じゃない！　半径五メートル以内の戦いなら、世界最強と言われている人だって……そうか。ちょうど、彼女が台頭した頃（ころ）にユリアは黄昏にいたから知らないのも無理はないのよね」

「そうなんだ。どうりであまり話を聞かないと思ってたよ」

「でも本当に私も一緒でいいの？」

「うん。ベルさんはとっても優（やさ）しい人だよ」

「そうなの？」

「ちょっと寡黙（かもく）だけど、気さくな人だよ」

「へぇ……実は、その憧（あこが）れだったりするのよ。同じ女性で、序列二位でしょ？　本当に凄（すご）いと思ってて。今回はユリアに甘（あま）えさせてもらうわね。ありがとう」

深く頭を下げてくる。

僕はただ紹介(しょうかい)をするだけなので、そんなに感謝されると逆に申し訳なくなってしまう。

「シェリー。頭を上げてよ。僕はただ紹介するだけだから」

「でも、ユリアのおかげなのは間違いないし……」

「それは、そうだね。感謝は実際にベルさんに教えてもらって、シェリーが強くなった時でいいよ」

「分かった。その時はきっと、何かお礼をするわね」

ニコリと微笑みを浮かべる。

そうして僕たちは今日のところはそこで別れ、翌日に改めてベルさんのもとへと向かうのだった。

◇

「……ユリア君、そちらの人は？」

ベルさんが滞在している宿に僕とシェリーの二人はやってきていた。リアーヌ王女と同じ部屋に泊まっているのだが、彼女は席を外している。

別にリアーヌ王女もいてもらっていいのだが、朝食を取りに行くと言っていた。

そしてシェリーは緊張した様子で、ベルさんに自己紹介をする。

「シェリー・エイミスと申します！」

「……ベルティーナ・ライト。それで、私に何か用事なのかな？」

その言葉には、僕が答えることにした。

「実はベルさんに戦闘を教えてもらいたいのです」

「ユリア君と……その、シェリーちゃんが？」

「はい」

「……そう。分かったいいよ」

ベルさんは深く尋ねることなく、すぐに了承してくれた。

「……ただし、第七結界都市にいるのはあと二週間だけだから、その間だけね」

「はい。よろしくお願いします」

「よ、よろしくお願いします！」

二人揃って頭を下げる。

僕らはそうして、二週間だけベルさんに戦闘について教えてもらうことになるのだった。

早朝。

この時間なら余裕があるということで、僕とシェリーは学院の演習場でベルさんに手ほどきをしてもらうことになった。

今回はまずはシェリーの実力を見たいという話だった。

僕の実力は直接見たわけではないけれど、同じSランク対魔師ということである程度は把握しているようだ。

裏切り者の件に関して調べる際に、僕の能力などもすでに知ったようだ。

その一方でベルさんはシェリーに関してはほとんど何も知らないと言ってもいいだろう。

だからこそ、まずはシェリーが優先されることになった。

「……シェリーちゃん。まずは軽く私と打ち合ってくれる？」

「分かりました！」

流石にシェリーも緊張しているようだった。

でも、それは当然だろう。

ベルさんはSランク対魔師序列二位。

そして近接戦闘ではサイラスさんにも負けない実力者と言われている。総合力ではサイラスさんの方に軍配が上がるが、それでもベルさんが圧倒的な実力者であることに変わりはないだろう。

「はあああああああッ！」

「……ふっ」

互いに剣戟を重ねる。

シェリーはよく使われるブロードソードを使っているが、ベルさんは彼女の代名詞とも言われている刀を使っている。

僕は刀剣の類の知識は、自分の黄昏刀剣のこともあってある程度は知っている。

剣は重さを利用して叩くが、刀は切っ先の鋭い刃で斬ることを前提としている。

さらに、剣と比較すると刀はより高度な技量が必要になってくる。

そのため対魔師では剣を使用するのが一般的であり、刀を使う人は珍しいとされている。

「はあああッ！」

「……うん。悪くないね」

シェリーはベルさんに対して果敢に攻めている。

一見すれば、完全にシェリーが押しているように思えるが……実際は違う。

ベルさんはシェリーの剣筋を見たいようで、自分から攻撃を仕掛けていくことはない。

それにきっとシェリーも分かっているだろう。

ベルさんのその、圧倒的な剣技に。

刀の扱いは流石のもので、丁寧に受け止めるのではなく、シェリーの攻撃を完全に受け流している。

刀は斬ることを前提としているので、剣ほど耐久性が高いわけではない。

まともに剣の一撃を受け止めてしまえば、折れてしまうことだってあり得るだろう。

だからこそ、刀では受け流すことが防御で重要なことになる。

それをベルさんは完全に体得しているようだった。

それからしばらくして、ベルさんはスッと目を細めるとシェリーの喉元に刀を寸止めするのだった。

「ま、参りました……」

「はい。ありがとうございました」

ベルさんは丁寧にその場で頭を下げた。

シェリーもそれに倣って、一礼をした。

どうやら剣筋を見るのはここまでみたいだ。

「……シェリーちゃんはよく考えて戦うタイプだよね？」

「えっ……分かるんですか？」

「……うん。きっと計算して戦うタイプなんだと思う。私に似てる」

「先生にですか？」

「……そうだね」

また、シェリーはベルさんのことを先生と呼んでいる。

曰く、剣を教えてもらうのだからそう呼ぶのは当然だとか。

僕もそうした方がいいのかな、と思ったけど別にベルさんとしてはどちらでもいいらしい。

そのため、僕の方は「ベルさん」と呼んでいる。

「……センスもいいよ。もしかしたら、私と同じように刀を使えばいいかもね。特に女性の場合は男性には筋力で劣るのは当然だけど、技量ではそこまで差は出ないから。刀はオススメだけど、どうする……？」

ベルさんが首を軽く傾げてそう伝えるが、すでにシェリーの答えが決まっているのは彼女の表情を見れば容易に分かった。

「是非、使ってみたいと思います！」

「……そう？」

「はい！　よろしくお願いします、先生！」

どうやらシェリーはベルさんのことをかなり気に入ったみたいだった。

一見すればちょっと寡黙で近付き難い人だと僕は思っていたけれど、ベルさんはとても優しい人だ。

シェリーにもそのことが分かったのかもしれない。

そして、次は僕がベルさんと手合わせをする番になった。

「よろしくお願いします」

「……よろしくお願いします」

互いに頭を下げると、臨戦態勢に入る。

じりじりと距離感を測りながら、どうやって近接戦闘に持っていくのかを考える。

僕が発動しているのは、黄昏刀剣。

以前と異なり、見えなくなるという利点は存在しないが黄昏を吸収すればするほど強力な威力を発揮するこの刀剣は今となっては、前よりも強化されていると考えて間違いないだろう。

また長さも任意で変えることができるため、変幻自在（へんげんじざい）に攻撃を変化させることができる。

「……フッ」

息を軽く吐（は）き出すと、まずは僕の方から仕掛けていく。

地面を思い切り踏（ふ）みしめて、一気に加速。

そして、下段から黄昏刀剣（トワイライトブレード）を振るうが流石はベルさん。

僕の刀剣の軌道（きどう）は完全に捉（とら）えているようだ。

ならばもっとここでスピードを上げていくべき。

そのように判断すると、さらに一段階ギアを上げる。

「……ッ！」

「まだまだいきますよ！」

手数をさらに増やしていく。

さらに体全体を加速させて、両手に黄昏刀剣（トワイライトブレード）を発動。そこから二刀流で戦いつつ、二つの刀剣の長さを変えながら戦闘を繰り広げていく。

もともと、黄昏を放浪していた時は二刀流で戦っていることが多かった。自分としても戦いやすいのは両手に黄昏刀剣（トワイライトブレード）を発動した時だ。

いきなりスピードが上がったということで、ベルさんは流石に苦悶（くもん）の表情を浮（う）かべていた。

しかし、相手は近接戦闘最強と謳われている対魔師であることを僕は本当の意味で理解していなかった。

初めは慣れていないのか、ベルさんは防戦一方。

こちらの方が完全に有利だった。

これならば、ベルさんに「参った」と言わせることができるかもしれない。

頭の中でそんなことを考え始めていたが、どうやらそれは完全に油断だったことを僕はのちに知ることになる。

「……掴んだ、よ」

「……ッ!?」

その言葉は嘘などではなかった。

僕が攻めている間のわずかな隙間。

まるで呼吸を合わせるかのようにして、彼女の刀が僕の髪を散らしていった。

反応できたのは本当にギリギリ。

あと少しでも遅れていれば、致命的な一撃をもらっていただろう。

でもそれは、きっとベルさんも僕が避けると分かっていての攻撃だったのだろう。

その後、ベルさんが攻撃の手数を増やしてきたところで、手合わせは終わることになった。

「……ここまでにしようか」

「はい。ありがとうございました」

互いに頭を下げる。

今回の手合わせ、本当に勉強になった。

まだ互いに本気を出して戦ったわけではないが、戦闘の運び方などとても勉強になった。

特に僕は、敵をそこまで分析して戦わないことが多い。

いうなれば、自分の圧倒的な火力で押し切ると表現した方がいいだろうか。

もちろん、何も考えずに戦っているわけではないが、ベルさんのそれと比較するとまだまだであることを悟る。

おそらくはベルさんは戦闘中の思考が僕の数段深いのだろう。

まるで全てを見透かされているような感覚。

最後の方はほとんどの攻撃を防がれ、僕の方が防戦一方になっていたほどだ。

これがSランク対魔師序列二位の実力。

近接戦闘に限れば人類最強と言われるのも肯ける実力だった。

「……ユリア君。強いね」

「……おそらくだけど、近接戦闘だけでいえばSランク対魔師の中では、上位だろうね」

「恐縮です」

「そうですか？」

「うん。何よりも、身のこなし方が上手いね。戦い方が上手いと言った方が正しいかも。攻めるタイミングと、防御するタイミング。押し引きや駆け引きがいい。もちろん、純粋な戦闘能力もピカイチだけど」

「そう言ってもらえて恐縮ですが、何か改善点などはありますか？」

気を使って褒めてくれているわけではないのだろうが、僕はベルさんから見て課題があるならばそれを聞いてみたかった。

「……そうだね。ユリア君の場合は、刀剣の長さを切り替えて戦うでしょ？」

「はい。知能の高い魔物には、かなり有効なので」

「その時に少しだけ遅延があるかな。根本的な戦闘技術というよりは、魔法的な部分だね。私はそれが分かっていたから、呼吸を合わせて攻撃できた。嫌だったでしょ……？」

「……はい。あれはかなり戦い難かったです」

どうやら僕が感じていた違和感のようなものは、ベルさんの指摘によって明らかになった。

刀剣の長さを自由に変えることは利点であり弱点でもある。

自由自在といえば聞こえはいいが、確かにそこには遅延が発生してしまう。

魔法的な技術なので、限りなく精度を上げて遅延をなくすこともできるが……現実的ではないだろう。

ならどうすればいいのか。

それは——

「……本当に大事な時に、使うといいかもね」

「はい。僕もそう思います」

そう。

刀剣の長さをいつも変えて戦うのではなく、ここぞという時に切り替えるのが得策だろう。

初めから長さを変えていては、ベルさんのように強い相手の時に容易に対応されてしまうかもしれない。

ならば一番重要な時に使う方が、効果的だろう。

「ありがとうございました。とても勉強になりました」

「……ううん。私もいい鍛錬になったよ。ありがとう」

微かに笑みを浮かべるが、ベルさんが笑っているのを初めてみたような気がする。

「えっと……私には、何が何やら……ユリアってば、本当に強いのね。いや知ってはいたんだけど、改めて分かったというか」

シェリーが苦笑いをしながら近づいてくる。

「いや。僕もまだまだかな。もっと精進するよ」

「その向上心は私も見習いたいわね」

その後、シェリーはベルさんに徹底的に基本的な体の動かし方を教わっていた。

僕の方は基礎的なことは言うことない、と言われてしまったので後は経験を多く積んで戦いに慣れることが最重要という話になった。

ベルさんとシェリーの二人を見ていると、なんだか師弟のように見えてくる。

いや、ように……ではなくて、本当に師弟なんだろう。

そうして僕らは、ベルさんがこの第七結界都市を去っていくまでの短い期間にはなるが、たくさんのことを教えてもらうのだった。

二週間後。

「先生。今までお世話になりました！」

「ベルさん。本当にお世話になりました」

シェリーと僕で頭を下げる。

この二週間。早朝の短い時間だったけれど、とても濃密な時を過ごすことができた。

僕はそこまで大きな変化はなかったけれど、シェリーはこの短い間で飛躍的に成長したと思う。

それは彼女の才能と努力、それにベルさんの指導が適切に絡み合った結果なのだろう。

結果としてシェリーにはベルさんの言う通り、刀を扱う方が合っていたようだ。

身のこなし、それに剣技もいくつか扱えるようになり何度かシェリーと手合わせをしたが、その度に確実に成長していた。

人の成長とは本当に分からないものである。

そして、シェリーはさらにベルさんのことを尊敬するようになり、別れるのが本当に寂しいようだった。

「先生。私、次に先生に会うまで絶対にもっと強くなります！　教えていただいたこと、毎日繰り返します！」

「……シェリーちゃんは今まで見てきた対魔師の中でも、一番の伸び代があると思うよ。それこそ、いつかSランク対魔師に届きそうなくらい」

「私がSランク対魔師、ですか？」

「……その可能性は十分にあるよ。でもね、覚えていてほしいことがあるの」

ベルさんはそうして、少しだけ真剣な声音で次のように言った。

「……すぐに変わることなんてできない。でもだからこそ、変わらずに努力するしかない。私が教えた訓練内容は単調なものもたくさんある。けど、腐らずに頑張ってね。毎日の地道な努力が、いつかシェリーちゃんを遠くまで連れていってくれるから」

「……はいっ！」

その言葉を聞いて、シェリーは少しだけ涙を流していた。

変わるためには、地道な努力も必要……か。

僕の場合は、生きるために精一杯でその結果強くなるしかなかった。

弱肉強食の世界で生き残るには、強くなるしかなかったから。

それを努力と言っていいのか分からない。

それでも毎日を懸命に生きていたことだけは共通していると思う。

僕はベルさんと同じことを思う。

シェリーは将来、Sランク対魔師に届いているのかもしれないと。

「……じゃあ、二人とも。またいつか会おうね」

「先生！　さようなら！」

「ベルさん。さようなら」

別れを告げる。

視線の先にはベルさんを待っていたリアーヌ王女もいた。

彼女は僕とシェリーの方にちらっと視線を向けると、ペコリと頭を下げる。

僕はこの二週間で、何度か訓練の後にリアーヌ王女に会っていた。

リアーヌ王女はどうやら、ベルさんのことが気になって僕たちの訓練をこっそりと見に来ているらしい。

ばったりと出会った時にそんな話を聞いた。

そしてその時、彼女はこんなことを言っていたのだ。

「最近実は、ベルが楽しそうで」

「楽しそう、ですか？」

「はい。鼻歌を歌っていました」

「……それはちょっと意外ですね」

「ええ。でもそれは、ユリアさんと……特にシェリーさんのおかげかもしれませんね。彼女はベルにとって素晴らしい弟子のようですから。いつかシェリーさんはベルの剣技を全て引き継ぐかもしれません」

「ベルさんの剣技は、受け継いでいくものなのですか？」

「はい。本当の意味で弟子にするのは一人だけで、その弟子が秘剣を含めた剣技を引き継いでいくとか。ベルはまだ正式な弟子を取っていませんが、シェリーさんは十分に可能性があります」

「そうですか……」

いつになるかは分からない。

でも、シェリーが正式にベルさんの弟子になって全ての剣技を引き継ぐのも十分にあり得るという話だ。

「ねぇユリア」

「どうかした、シェリー？」

ちょうどベルさんの姿が見えなくなった時、彼女は凛とした声で話しかけてきた。

「私、もっと強くなる」

「うん」

「先生みたいに、強くて優しい人になりたい」

「なれるよ。シェリーならきっと」

「本当？」

「うん。嘘はつかないよ」

「そっか。ユリアにそう言ってもらえると、ちょっとは自信がつくかな」

はにかむその表情はとても魅力的に見えた。

シェリーはこれから努力を重ねていくだろう。

その果てにどこにたどり着くのだろうか？

もしかして、次世代の近接戦闘最強の剣士はシェリーになっているのかもしれない。

「よし！　じゃあ、もうちょっと付き合ってくれる？」

「喜んで」

そうして僕たちは、いつものように鍛錬に励むのだった。

第三章　結界都市の内情

現在、僕は第七結界都市にはいない。

今日は出張という形で第一結界都市にやってきているからだ。

Sランク対魔師になれば、結界都市間での移動が多くなるとエイラ先輩（せんぱい）に聞いていたが、どうやらそれは本当だった。

もちろん別に疑っているわけではないのだが、こうして実際に移動することが多くなると自分がSランク対魔師であることをより自覚するようになってきた。

第一結界都市の復興はかなり進んでおり、瓦礫（がれき）なども完全に撤去（てっきょ）されている。

完璧（かんぺき）に復興するまではもう少し時間がかかるだろうが、確実に前に進んでいるのは間違いないだろう。

また、どうして僕が第一結界都市にやってきたのか。

それは主に二つの理由がある。

一つは軍の上層部、厳密にいえば最高司令部から招集がかかったからだ。

内容は僕の黄昏での経験と襲撃に至るまでの過程を直接聞きたいとか。

拒否する理由もないので、招集には応じることにした。

それに加えて、僕は研究部にも足を運ぶことにしている。

こちらは自分の意思で前々からそうしたいと思っていたので、ちょうどいい機会だった。

すでに手紙でのやり取りで向かうことは先方にも伝えてある。

僕が気になっているのは、今の自分の体の状態や魔法の状態など。

サンプルとなるものはすでに送っており、解析した結果を後で知ることになる。


「ここか……」


僕が先にやってきたのは、軍の最高司令部だった。

正午ぴったりに来て欲しいということだったので、僕は一時間前には基地にやってきていた。

一時間前は流石に早すぎるか、と思ったけど遅れるよりはずっといいだろう。

そして、基地の中に入って最高司令部のある最上階へと向かって行く。

ここの建物は七階建てになっており、最高司令部は最上階に位置している。


「ユリア君？　お久しぶりね！」

「クローディアさん……」

基地の中に入ると、ばったりとクローディアさんと出会った。彼女と会うのは、あの襲撃以来。

確かに久しぶりといえば、久しぶりだった。

「どうしてここに？　任務でもあるのかしら？」

「最高司令部の方に呼ばれていまして……」

「あぁ……あの件、かしらね？」

「そうだと思います」

あの件、というのは裏切り者の件を指しているのはすぐに理解できた。

クローディアさんは周りをキョロキョロ見渡し、周囲の様子を窺っているようだった。

「ユリア君。時間はまだある？」

「えっと……正午に来るように言われているので」

「十分にあるわね。ちょっとお話、いいかしら？」

「構いませんよ」

そうして僕はクローディアさんの後について行く。

了承はしたが、一体何の話をするつもりなのだろうか。

僕らがやってきたのは基地内にある会議室だった。

今は誰も使っていないということで、中に入ると彼女はすぐに鍵を閉めた。

「……何か大事な話ですか？」

「そう緊張しなくても、大丈夫よ。ただちょっと知って欲しいことがあってね。コーヒーでもどう？」

「いただきます」

どうやら室内には飲み物を用意するスペースもあるようで、彼女は手慣れた手つきでコーヒーを淹れてくれた。

「砂糖とミルクは？」

「なしでお願いします」

「あら、意外と大人なのね？」

「はは。そうかもしれませんね」

そんな軽口をしている間にも、コーヒーができたようで机にそれを置いてくれる。

「はい。どうぞ」

「ありがとうございます」

淹れてもらったコーヒーに、軽く口をつける。

「美味しいですね。わざわざ、すみません」

「ふふ。美味しいのなら、良かったわ」

と、少しだけ互いに時間を置くと早速本題に入る。

「ユリア君は派閥に関して知っているかしら？」

「派閥……ですか？　いえ、聞いたことはありません」

「まぁ……これは軍の中でも上にいないと知らない話だから、無理はないわね」

どうやら、彼女が話したい内容というのは派閥に関してらしい。

派閥と言うからには、主義主張の違う団体が結界都市内に存在しているということだろう。

「単刀直入に言うけど、保守派と革新派ね」

「保守派と革新派……もしかして、黄昏に対する姿勢での話ですか？」

「あら、やっぱり聡明なのね。おおよそそれで合っているわ」

ポーズではなく、心から驚いているような顔だった。

「考えたことはない？　人類は黄昏に対して、打って出るべきだというのは明確な話よ。でも大きな作戦はここ数十年では決行されていない。敵が襲撃した時は動くけれど、こちらから仕掛けたことはないわ」

「確かに……言われてみれば、そうですね」

言葉にすると、確かにそうだった。

魔物の大暴走（スタンピード）に対応する作戦は大規模なものではあったが、それはあくまで守りに徹（てっ）したもの。

こちらから黄昏に対して大きく何かを仕掛けた作戦は、僕（ぼく）が生まれてからの記憶（きおく）では一つもない。

「ということは、保守派の方が優勢ということですか？」

「ご明察よ。今の最高司令部は保守派の方が圧倒的に多い。だから作戦もそれに沿ったものになるの。それに権力争いもあって……」

「権力争い、ですか？」

「ええ。元々、結界都市は別々の国が集まって連合王国のような形になったのは知ってるわよね？」

「はい。流石に歴史の授業で習っています」

連合王国。

今の結界都市を形容するならば、それが一番正しいのかもしれない。元々は、別々の区ではあったが僻地（へきち）に追いやられるような形で今の結界都市を形成した。

もちろん人種も多種多様であり、共通の言語などもあるが、都市によって特色が違ったりするのはそのためだ。

僕としてはそこまで大きな違いを感じていないが、どうやら最高司令部はそうでもないのだろうか。

「最高司令部は主に貴族で構成されているわ。もちろん、ちゃんと有能な人材が揃っているわ。伊達にこの結界都市の中枢にいるわけじゃないしね。ただし、そこには権力争いがどうしても絡んでくる」

「……どうして、権力争いを？　人類は黄昏に対して一つになって協力すべきでしょう」

僕は純粋な疑問をぶつける。

だって、そうだろう。

権力争いをしたって、黄昏に対して勝てるわけではない。

僕たちはこのような世界に生きているからこそ、協力して戦っていかないといけないだというのに、権力争いをしている暇などありはしないだろう。

僕はそう思って語気が強くなってしまうが、冷静になれば分かることだった。

仮の話だが、黄昏から解放された時、僕たちの世界はどうなるのだろうか？

結界都市が必要なのは、黄昏が人類に対して有害だからだ。

でも、その黄昏が無くなった時、もう結界はいらない。

人類はこの広大な土地にまた住むことができる。

その時を見据えていると……ということだろうか？

「いや、もしかして黄昏から解放された時のこと……ですか？」

「流石ね。若いのに素晴らしいわ。もちろん、権力争いなんてしている場合じゃない。でもね、人間は利益を求めてしまう。最高司令部の人間は、黄昏から解放された時のことを考えて互いに牽制しているのよ。それに、今の状態が都合のいい人間もいるしね。要するに、この結界都市も一枚岩じゃないってことよ」

「……そうですか」

結界都市は一枚岩ではない。

おそらく、僕のように考えるのは若いからこそなのかもしれない。

実際に黄昏で戦って、たくさん死んでいく人をこの目で見てきた。

そんな世界に生きているというのに、権力争いをしてもどうしようもないだろう。

そう考えてしまうのは、僕がその世界しか知らないからだろう。

人間というものはどうしても自分の利益を追求してしまうものである。

そんなことを、クローディアさんは伝えてくれているのかもしれない。

「でもね、今はちょっと話が変わってきたの」

その言葉を聞いて、ピンとくる。

間違いなくそれは、前の襲撃が関係しているだろう。

「前の襲撃。それに、裏切り者の件ですか？」

「ええ。まずは襲撃に関して。保守派が大多数を占めているのに、結果的に襲撃を許してしまった。これは慣れきって油断していたのが原因ね。まぁ……私たちSランク対魔師も同じだからあまり強くは言えないけど。それと、やっぱり裏切り者がいるのが大きいわね」

保守派が大多数を占めていたが、それによって隙を突かれたような結果になった。そこでさらに裏切り者の台頭。

どうやら最高司令部もこのままでは、ダメだと分かったのだろう。

「流石に、最高司令部もこのままではまずいと分かっているみたいで、今は革新派が増えつつあるわ。まずは裏切り者を見つけた後に、黄昏に大きく打って出るべきだと。ここだけの話だけど、まずは黄昏危険区域レベル3までを取り戻す計画を練っているみたいよ？」

「それは素晴らしいですね。土地を取り戻せるのは、大きな進歩だと思います」

結界都市が作られてから、人類は防戦一方だった。

ずっと守るだけの戦いをするので、精一杯だった。

しかし、それがついに黄昏に打って出るという話ならば、人類にとって大きな一歩になるだろう。

僕としてもそれは嬉しい話ではあるが、問題は誰が裏切っているのか、という点に尽きるだろう。

「そうね。私もこの旧態依然とした状態をどうにか打破するべきだと思うわ。前に進むためにも、裏切り者は処罰しないといけない」

「はい。僕も協力しますよ」

「ええ。お願いね。話はそれだけ。ユリア君はまだ、Sランク対魔師になって事情をよく知らないでしょ？　そう思って話はしておこうと思って」

「わざわざ、ありがとうございます」

頭を下げる。

時間もちょうど良く、早く来て良かったと心から思うのだった。

そうして僕はクローディアさんと別れた。

去り際に彼女は、改めて忠告をしてくれた。

「最高司令部では、詰問みたいな形になるかもしれないけど、頑張ってね」

「はい」

「実際、あそこのおじさんたちはねっちこい人が多いから。私は、実はあんまり好きじゃないのよ。仕事はできるけど、性格は別問題だしね？」

パチン、と軽くウインクをする。

冗談まじりの軽口だが、本当に思っていることなのだろう。

僕はそれに対して、愛想笑いを返しておいた。

「はは。まぁ、気をつけますね」

「ええ。では、また」

ひらひらと手を振ると、クローディアさんは去っていった。

「よし」

そして僕は、最上階へと向かう。

◇

「Sランク対魔師序列十三位。ユリア・カーティスです。招集に応じてやって参りました」

「……入って構わない」

「失礼します」

丁寧に一礼をしたのち、僕は扉を開けた。

そこには長机を前にして座っている八人の男性がいた。

ちょうど四人ずつ左右に分かれており、これがきっと派閥を示しているのだろう。

あまり若い人はいないようで、ほとんどが灰色の髪と顔にしわが刻まれている。

といっても一人だけはとても若い男性がいるようだが。

雰囲気が良くないのはすぐに分かった。

互いの視線を合わせていない上に、話もしていない。

僕が座る席は用意されておらず、前に進むとそこで腕を後ろに組んで起立をする。

詰問のような形になる、ということは厳しく問い詰められる可能性もあるということだ。

改めて、覚悟を決めると早速話が始まった。

「まずは、君の出自から聞いていきたい」

「はい」

そこから父親の確認と母親の確認をされた。

その後は、母が早期に亡くなったことと父親が研究者と対魔師を兼ねていたことを確認された。

もちろん、全て僕も把握しているので質問に対してはすぐに答えていく。

「……学院では目立った成績を残していなかったようだな。この時は」

「はい。当時は落ちこぼれでしたので」

「それがどうして、Ｓランク対魔師に抜擢されるまでになったのか」

「間違いなく、黄昏に放逐された二年があったからでしょうな」

そうして話は遂に、僕が黄昏に二年間いた時のものになる。

「黄昏での生活は、こちらの報告書の内容通りで間違いないだろうか？」

「はい」

「では、こちらを元に質問をしていく」

「分かりました」

先ほどと同様に、黄昏にいた時のことを質問される。

「黄昏危険区域レベル５より先に行ったとあるが、その時はすでに黄昏に適応していたと？」

「はい。一年が経過した頃には、不可侵領域でも問題なく活動できました。おそらくは黄昏に対して強い抗体のようなものを獲得したのかもしれません」

「確かに、それだと頷ける点が多い。魔法もまた黄昏を応用したものが多い」

「それはその通りだと自分でも思います」

そう。

僕が黄昏に適応することで手に入れた力は、黄昏そのものを応用する力に変わっていった。

初めは不可視などの能力だったが、それは徐々（じょじょ）に変貌（へんぼう）していき、今となっては完全に黄昏ありきの能力になっている。

黄昏刀剣（トワイライトブレード）、黄昏眼（トワイライトサイト）。

どちらも黄昏があるからこそ、成り立つ能力だ。

特に黄昏刀剣（トワイライトブレード）は敵の黄昏領域（トワイライトフィールド）に強く干渉（かんしょう）できる能力であり、相手の黄昏領域（トワイライトフィールド）を引き剥（は）がすと同時に、自分の能力に変換（へんかん）することもできる。

どうして僕がそんな能力を扱えることになったのか。

まだ明確な理由が分かっているわけではないが、あの二年間で獲得した能力なのは揺（ゆ）るぎない事実だ。

「ふむ……それで、例の襲撃をその力をもって鎮圧（ちんあつ）したと。その功績はすでにここにいるものが全員知っている。まずは感謝の意を示しておこう」

「恐縮です」

硬(かた)い口調ではあるが、あの襲撃を鎮圧したことはしっかりと評価されているようだった。

「それで君は、どちら側につくのかね？　もちろん革新派の意見を尊重してくれるのだろう？」

一人の男性が尋(たず)ねてきた。どちら側、というのは保守派か革新派のどちらか……という意味だろうか。

「おい。青田買いのような真似(まね)はよせ。これだから革新派は……」

「保守派の方々もすでに裏で動いているという話を耳にしておりますが？」

「それは……」

どうやら、僕をどちらの派閥に引き込むのかという話で口論になりつつあった。

「おい。やめないか。今はそんな話をしている場合ではないだろう」

「……分かりました」

「ええ。そうですね」

とりあえず、その話はそこで打ち切られた。

話題は次のものへ変わる。

「そして核心(かくしん)に迫(せま)るが、裏切り者は君ではない可能性が高い。そもそも、あれは確実に仕組まれていた事件だ。それを防いだ君を裏切り者と断定することは、できないが……マッチポンプのような可能性も我々も考えている」

「理解はできます」

マッチポンプ、つまりは僕が自分で事件を起こしてそれを自分で鎮圧したという可能性だろう。

それは僕自身は否定できるが、否定できる証拠を出せと言われてしまえば明確なものを出すことはできない。

限りなく裏切り者の可能性は低いが、決して裏切り者ではない……と確信しているわけではないのは理解できる話だ。

「黄昏に二年間いた件も、今回の準備期間と言えないこともない」

「しかし、あまりにも突発的では？」

「私もそう思いますな」

「ええ。現実的ではないでしょう」

と、僕を擁護する声がいくつも上がる。

僕はそこで余計な口を挟むことはなかった。

「あくまで可能性の話です。私も、ユリア・カーティスは限りなく裏切り者ではないと考えています。しかし、今回の件はあまりにも重大過ぎる。疑いの目は多い方がいいでしょう」

その言葉に対して、誰かが反論することはなかった。

それはここにいる全員もまた、裏切り者である可能性はゼロではないのだから。

その後、軽く今の様子などを尋ねられるだけで無事に詰問は終わった。

初めはかなり身構えていたが、詰問というほど厳しいものではなかった。

普通に質問をされて、それに対して答えるだけで終わった。

「それでは、今後ともSランク対魔師として精進して欲しい。我々は、君が第二のサイラスのようになることを願っている」

「はい。期待に応えることができるよう、精進いたします」

丁寧に一礼をすると、僕は会議室から出ていくのだった。

こうして無事に、詰問は終了することになった。

「ふぅ。さて、と。そろそろちょうどいい時間かな」

基地から離れた僕は、第一結界都市の街中で立ち止まっていた。それは、ある人と待ち合わせをしていたからだ。

「やっほ～。元気してた、ユリア」

「エイラ先輩。お久しぶりです」

「あ……あぁ。そうね、確かに久しぶりね」

目線をちょっとだけ逸らしながら、先輩はそう言った。

声も詰まっているし、どうにもおかしな感じだ。

何かあったのだろうか？

「先輩。何かありましたか？」

「ん？　べ、別になんでもないわよ？　えぇ！」

「……そうですか」

今日も今日とて、麗しい桃色のツインテールを揺らしながら先輩は胸を張る。

決して、張る胸などないのだろうなどと思ってはいけない。

先輩はとても小さい人ではあるが、心はとても大きな人なのだから。

「……今、失礼なこと考えなかった？」

「いえ！　全く！」

「ふーん。ま、いいけどね」

心を察知する魔法でも習得しているのだろうか？　先輩は僕の顔をじっと半眼で見つめ

てくるが、それ以上追及されることはなかった。

「それで、どうだったの？」

歩きながら並んで進んでいく。

先輩とはちょうど任務で手紙などでやり取りする機会があったので、その時に近いうちに第一結界都市に行くという話をするとせっかくだから会って話でもしようということになったのだ。

僕としても先輩からのお誘いを断るわけがなく、すぐに了承した。

また、僕が最高司令部に呼び出されたことはエイラ先輩も知っている。彼女もどうやら、僕より先に詰問を受けていたからだ。

「僕は普通でしたね。色々と身構えていましたが、概ね大丈夫でした」

「へぇ。そうなんだ。意外ね」

「エイラ先輩はどうでした？」

「まぁ……別に何もないけど。私の場合は、ユリアと同じで襲撃を鎮圧する側だったから裏切り者の可能性も低いと判断されてるしね」

「なるほど」

「でもなんていうの？　あの上からの物言いがきついっていうか、まぁ……前々から最高司令部の人間は好きになれないのよねぇ……」

「クローディアさんと同じことを言いますね」

「クローディア？」

「はい。基地でばったりと会いまして。その時に色々とお話を聞かせてもらいました」

正直に話をすると、エイラ先輩は露骨に嫌そうな顔をする。

確かエイラ先輩はSランク対魔師には苦手な人が多い、という話をしていたがそのつながりだろうか。

「で、何を聞いたの？」

「派閥のことです」

「あぁ……ちょうど、私が今日話そうと思っていたのに、もう聞いたの？」

「はい。保守派と革新派ですよね？」

「そ。今はちょっと事情も変わってきているみたいねぇ」

そういえば、僕たちはどこに向かっているんだろうか。

先輩について行くだけなのだが……そう思っていると、先輩がとある建物の前で立ち止まった。

「はい。入りましょう」

「ここは？」

「私の家よ。学院の寮は襲撃で半壊したし、今は一人暮らしをしてるの」

「入ってもいいんですか？」

それは、女性に対して聞くべき必要事項だろう。

僕も男なのだから、女性の一人暮らしの家に入り込んでもいいのだろうかと思っての言葉だった。

それを聞いたエイラ先輩は、ニヤァとした笑いを浮かべる。

「何？　ユリアが私を襲うとかあり得るの？」

「いえ。そんなことはしませんが、エイラ先輩はいいのかなと思いまして」

「私たちの場合は、あまり外でできない話もあるしちょうどいいでしょ？　それに、ユリアは紳士なんでしょう？」

「まぁ何もしませんが」

「む……あからさまにそう言われると、なんだか私に魅力がないみたいだけど？」

ズイッと体を近づけてくる。

その際に香水でもつけているのか、甘い香りが鼻腔を抜けていく。

まぁ……正直なところ、女性のこのような面は面倒くさいと思ってしまうが、それを態度に出すわけにもいかないだろう。

そう思って、少しだけ意地悪なことを言ってみることにした。


「じゃあ、先輩のこと……そういう目で見てもいいんですか?」


すると、エイラ先輩は分かりやすく顔を真っ赤にした。

僕はそれを見て、隠すようにして笑ってしまう。

「ちょ⁉ 今笑ったわよね!」

「いえ……その……すみません。エイラ先輩があまりにも分かりやすいので」

「もう……! 先輩をからかうもんじゃないわよ!」

胸元を軽く叩かれるが、全く痛くない。

先輩とそんなやりとりをしたのち、僕は彼女の部屋に案内されることになった。

「はい。適当にくつろいでいて」

「分かりました」

室内に入ると、ピンクを基調とした部屋がそこには広がっていた。

先輩らしい可愛らしい部屋だった。

それにベッドには動物をモチーフとした愛らしいぬいぐるみも置いてあった。

僕が一人で部屋を見ていると、先輩はどうやら紅茶を準備してくれたようだった。

「はい。どうぞ」

「ありがとうございます」

「あんまり、乙女の部屋をジロジロと見るもんじゃないわよ？」

「えっと……すみません。でも、とっても可愛らしい部屋だと思いますよ？」

「かわっ……」

途中で噛んでしまったのか、先輩は痛そうに口元を押さえる。

そして僕のこと忌々しそうに睨みつけてくるのだった。

「ユリア。あなたのそれは天然で美徳だけど、ちゃんと考えてものを言いなさい」

「え……っと。そうですか？」

「ええ。女性を褒めるのはいいことだけどね」

「はぁ。まぁ、善処します」

それから話は、先ほどに続き裏切り者の件になる。

「エイラ先輩は誰が可能性が高いと思いますか？」

「さぁ……どうかしら。最高司令部かもしれないし、Sランク対魔師かもしれない。でも、誰かが怪しいってことは言い難いわね。それにきっと、相手も今は探られているということで尻尾を出さないだろうしね」

「なるほど……」

「逆にユリアはどう？　って言っても、あなたは内情とかほとんど知らないわよね」

「そうですね。まだ分からないことが多いです」

「私は貴族の出身で、昔から派閥争い紛いのものはよく見てきたわ。だからこそ、権力関係で人類を裏切ったほうがいいと思っていた人間の線が私は高いと思うわ」

「Sランク対魔師は違うと？」

「まぁ、あくまで私の主観的な考えだから。気にしないでいいわよ？」

「いえ。参考になります」

その後は、貴族の話を色々と聞いたのだが、それは愚痴が多かった。

中でも最近は婚約を考えさせられている、という話になったのだがそれに凄い反発をしていた。

「で、婚約者候補のリストを渡されたのよ！」

「はぁ……」

「全く、まだ私はそんなことを考える歳じゃないっての。それに、Ｓランク対魔師としての仕事もあるんだから、勘弁して欲しいわ」

「そ、そうですね」

僕は思った。

女性はとにかく、話が長い。

それに結論が全く出ていない。

でもきっとそれは、ただ話を聞いて欲しいだけなのだろう。

僕は今はただ、話を聞くだけでいい。

うん。そうに違いない。

「それでにぇ……」

なんだか滑舌が怪しくなった気がした。

でも、僕らが飲んでいるものは普通の紅茶だし、それに合わせて出されたお菓子も普通のものだ。

もらい物らしく、チョコレートを摘みながら話をしていたのだが……僕はすぐにその原因を知ることになる。

「私だってねぇ……！　小さいことは気にしてるのよ！　そりゃあ、おっぱいとか小さいけどぉ……ユリアはどう思うの……！　小さいのはダメなの……⁉」

あぁ。

そうだ。

これは完璧（かんぺき）にそうだ。

このチョコレートにはどうやら、アルコールが入っていたらしい。

僕はアルコールに耐性（たいせい）があるのか、全く酔（よ）わないけれどエイラ先輩（せんぱい）は完全に酔（よ）っ払（ぱら）いと化していた。

目もとろんとしていて、まともな思考で話をしているわけではなさそうだ。

「ユリア……！」

「は、はい」

「……どうなの？」

酔っている先輩なので、どうしようかと考えるが素直（すなお）に答えるべきだろう。

「小さいのは関係ないですよ」

「……本当⁉」

グイッと顔を近づけてくるが、僕は冷静に対応する。

「はい。そもそも、好きになったらそんなものは関係ないと思います」

僕は別に恋愛の経験があるわけじゃない。

ほとんど、いや完全に小説の受け売りなのだが、先輩はニンマリと満足げな顔を浮かべる。

「ふんふん……！　ってことは、私は魅力的っとことよね？」

「え……そ、そうなりますかね？」

「えぇ！　ユリアってば、いいこと言うじゃない！　あはは！」

「は、はは。そうですね」

愛想笑いを浮かべることしかできないが、まぁ喜んでくれたのならいいだろう。

「ユリア……！　今日は泊まっていきなさい！」

「と、唐突ですね。でも宿はあるんですけど」

「いいかりゃ！　これはしぇんぱい命令よ……？」

いやぁ……酔っている先輩に言われてもなぁ……と思うが……。

しばらくすると、エイラ先輩は机に突っ伏して眠ってしまった。

「あ、寝ちゃったか。よし」

エイラ先輩の体を抱きかかえる。

とても軽いので、容易に運ぶことができた。

そして彼女をベッドに寝かせると、むにゃむにゃと幸せそうな顔をしながら熟睡(じゅくすい)していた。

先輩の意外な一面を見ることになったが、それもまたいい経験だろう。

さて、僕はどうするべきか。

先輩に泊まっていけと言われたが、ここはお言葉に甘えておくべきだろうか。

それに起きた時に説明もした方がいいだろうし。

ということで、僕は空いているソファーで寝かせてもらうことにした。

朝がやってきた。

僕が起きたのは、ドタドタと大きな音が近づいてきていた時だった。

それは慌(あわ)てて走ってきた先輩だった。

「ユリア！」

「はい。おはようございます」

「昨日のこと、覚えてる……!?」

「僕は酔っていないので、普通に覚えてますが」

「あ、あぁ……」

先輩は絶望したような顔で、床に両手をつける。

どうやらこの反応からして、先輩は確実に昨日あった件を覚えているようだった。

「だ、大丈夫ですよ！　昨日のことは誰にも言いませんから！」

「ほ、本当に……？」

「えぇ！　僕と先輩の秘密です」

ぐすっと鼻を啜る音が聞こえてくる。

よっぽど酔った時の態度を僕に見られたのが、ショックだったのだろう。

でも、逆の立場になって考えてみると……確かにそうかもしれない。

「ユリア……色々とごめん。それにありがとう……」

「いえ。それでは僕はもう行きますね」

「うん。色々と迷惑かけちゃったわね」

「いえいえ。それでは失礼します」

僕は荷物を手早くまとめると、先輩の家を後にして行くのだった。

◇

「は、はぁ……」

ユリアが出ていったのを確認すると、私はソファーに思い切りもたれかかる。

そもそも、昨日出していたチョコレートにアルコールが入っているのを、私は全く知らなかった。

それに自分がアルコールにとても弱いということも全くと言っていいほど、知らなかった。

そのせいでユリアには、色々と気を使わせたというか、言う必要のないことまで言ってしまったというか。

「う、うわあああああああぁ……」

思い返せば、完全に私のしたことはドン引きである。

そもそも、婚約の話もユリアにするつもりなどなかった。

それに小さい体に、小さな胸の話もするつもりなど毛頭ない。

これは私の悩みであり、決して外に出すべき話ではないのだから。

だというのに、アルコールの回った私はペラペラと話してしまったようだ。

その時のユリアの困ったような表情は、今でも鮮明に思い出せてしまう。

記憶が飛んでしまえばよかったのに、チョコレート程度のアルコールではそうもいかないようだった。

そして私は、再び自己嫌悪に陥る。

けれどユリアとの会話を思い出すと、悪いことばかりでもなかったような気もする。

「ユリアは、好きになれば小さいのも関係ないって言ってたけど？」

それは本当なのか、私には分からない。

そもそも男という生き物は、大きなおっぱいが好きに決まっている。貴族のパーティーなどで嫌というほど見てきた。

それに、私の小さな体に興味を示すのは決まって変な人間が多かった。

私は別にマイノリティに好かれたいわけではないのに、そうなってしまっているのはどうしようもないだろう。

でももし仮に、ユリアの言う通りだったら、私もいつか理想の相手を見つけることができるのだろうか？

と、そんな時に思い浮かぶのはユリアの優しい顔だった。

ユリアとは出会った頃から話が合う気がする。

それに私の体について馬鹿にしないし、とても優しい。

もしかしてユリアって、私にとって理想的な……？

「いや、ないない。それはないって」

あえて言葉にして、否定する。

ユリアはただの仲のいい後輩だ。

それ以上でもそれ以下でもない。

でも、どうしてだろうか。一度意識してしまうと、色々と仕方のないことを考えてしまうのは。

「あーもー！　これも全部、あのチョコレートのせいよ！」

そう。

実はあのチョコレートはクローディアにもらったものだった。たくさんあるからあげるよ～と言われ、素直に受け取ってしまった。

別にその時の行動を後悔しているわけではないが、あの女に操られているような気がして自然と怒りが湧いてきた。

うん。

今度から、食べ物をもらう時は気をつけよう。

私は改めてそう思うのだった。

でもその……。

次、ユリアに会う時私はどんな顔をすればいいのかしら？

いや、ユリアのことだから絶対に気にしてないと思うけど……。

「あー！　どうして私ばかりが、こんなに気にしないといけないのよー！」

その声は私が久しぶりに出した、大声だった。

◇

エイラ先輩の部屋を後にした僕(ぼく)が向かっているのは、黄昏(たそがれ)研究部だった。

ちょうど約束している時間も迫っているので、少しだけ早足で向かう。

場所としては昨日向かった基地と同じだが、研究部は地下にある。

そして、基地にたどり着くと受付を済ませて、地下へと降りていく。

そこは上とは違った雰囲気で、どこか怪しげなものを感じる。

「おぉ……ここが」

降りた場所からは、まっすぐ伸びた通路があった。

左右にはそれぞれの研究者の部屋があるようで、薬品の香りなども漂っている。

思えば、自分の父の仕事場を見たことがなかったが、もしかするとこの部屋のどこかで父さんも働いていたのかもしれない。

「えっと……約束の場所は……」

僕が今日約束しているのは、この研究施設を取り仕切っている女性だ。

その人はその研究成果から、Sランク対魔師に任命されている。彼女以外は、主に黄昏で戦うことをメインとしているが、その人だけは研究者でありながらSランク対魔師に抜擢された珍しい人物だ。

名前は、エリー・フロント。

手紙でのやりとりはしているが、実際に会ったことはないので少し緊張している。

「ここか」

たどり着いた部屋の前のプレートには、彼女の名前が載っているので間違いないだろう。

ノックをしてみる。

けれど、反応はなかった。

約束の時間ちょうどなので、間違いないはずだけど……。

何度もノックをするが、反応がないので仕方なくドアノブを回してみることに。

すると、中には書類の山に埋(う)もれている女性が一人寝そべっていた。

「う……うぅん……？」

「えっと……エリー・フロントさんですか？」

「……そうだけど、あなたは？」

「ユリア・カーティスです。手紙でお約束したはずですけど」

「……はっ！　もうそんな時間なの!?」

転がっている時計を拾うと、彼女は大きな声で驚愕(きょうがく)を示す。

そうしてバタバタとしながら室内を整えて、僕は用意された席に座ることに。

彼女は床で寝ていたので、赤色の髪はボサボサで白衣もヨレヨレだった。

でも今は、しっかりと髪の毛を整えて、新しい白衣を着ている。また、Sランク対魔師としての象徴(しょうちょう)である紋章(もんしょう)が刻まれていた。

また眼鏡の効果で、とても知的に見える。

正直な話、きっと彼女としてはこちらの格好で僕と会う予定だったのだろうが……まぁ、研究者も色々と忙(いそが)しいということだろう。

「改めてエリー・フロントよ。エリーでいいわ」

「ユリア・カーティスです。僕もユリアでいいです」

「そ。ならよろしくね、ユリア君」

「はい」

まずは自己紹介(しょうかい)をする。

そして、僕は彼女に一枚の紙を渡された。

「これは？」

「あなたのデータ」

「以前送ったものですか？」

「ええ。髪の毛とか、色々なサンプルを分析(ぶんせき)して明らかになったけど、あなたには間違いなく黄昏に対して強い耐性があるわ」

「やっぱり、そうでしたか。そうでないと説明がつきませんから」

「そうね。黄昏に二年間もいて、黄昏症候群(トワイライトシンドローム)で死なないってことは、何か特殊(とくしゅ)な耐性……厳密に言えば、抗体を持っていないとあり得ないから」

自分のことをもっと知りたい。

そんな思いから、自分のサンプルを送って分析してもらったことは本当に良かったと思う。

それは自分のことが分かった安心感と、もしかすると、僕のその抗体は今後の人類の役に立つかもしれないからだ。

「その。僕の抗体？　は人類の役に立ちますか？」

そう言葉にすると、エリーさんは難しい顔をするのだった。

「今の段階では、なんとも言えないわ」

「……というと？」

「今は暫定的（ざんていてき）に、この抗体を黄昏因子（トワイライトファクター）と呼ぶけど、これはどうにも簡単に移植できるようなものじゃないのよ」

「黄昏因子（トワイライトファクター）は僕だからこそ、働いていると？」

「そう考えるが自然ね。後天的に黄昏因子（トワイライトファクター）を埋め込む、っていうのはすでに実験してみたけど、ダメね。全く機能しないわ」

「何か別の要因があるんでしょうか？」

「かもしれないわね。ともかく、まだ分からないことの方が多いわね」

「……そうですか」

どうやら、僕の考えはあくまで希望的観測に過ぎないようだった。

しかし、黄昏因子(トワイライトファクター)なるものが存在しているのが分かっただけでも、人類にとって大きな一歩だと僕は思っている。

「それで少し気になったのだけど」

「はい。なんですか？」

「あなた、ファミリーネームはカーティスと言うのよね？」

「はい、そうですけど？」

「もしかしてカーティス博士の息子(むすこ)さんかな、と思って」

「父さんを知っているのですか？」

その後、詳(くわ)しい話をするとどうやらエリーさんは父さんと一緒(いっしょ)に働いていたことが明らかになった。

「やっぱり。カーティスってそれほど多くないから、そうなのかな？　と思ってたのよ」

「すごい偶然(ぐうぜん)ですね」

「ええ。でも、ある種、運命的かもね。黄昏因子(トワイライトファクター)の存在自体は、カーティス博士が仮説を立てていたから。それを私が引(ひ)き継(つ)いで今に至る、って感じかしら？」

「……そうなんですか⁉」

驚きの声を上げる。

僕が宿している黄昏因子が父さんがすでに考えていた仮説を立証するかもしれないと聞いて、驚いてしまう。

でも、それも無理はないだろう。

僕は父さんの研究内容を詳しく知っているわけではない。

それが回り回って、僕の存在自体が父さんの仮説を正しいと証明するものになったのだから、驚きと同時に……どこか喜びもあった。

「ええ。黄昏症候群の末期患者には、同じような抗体が見つかっていたから。でも、あなたほど強いものじゃなかったから……まだ抗体と言うには、あまりにも弱いものだったわね。でもこれで明らかになったわ。人類は黄昏に対する免疫を獲得できるってね。これは非常に大きな発見よ」

「やっぱり……それは本当に良かったです」

安堵する。

僕の存在そのものが、人類が大きく躍進する一歩になるのならこれ以上嬉しいことはない。

それに、間接的な形にはなるが、父さんと協力できていることが何よりも嬉しかった。

その遺志を受け継ぎ、父さんの仮説を証明することになった。

しかし、エリーさんの表情はそれほど明るくはなかった。

「ユリア君。今日の話は、まだ私たちの中でだけ留め置きましょう」

「なぜですか？　公表すべきでは？」

「……私たちには、あの件があるからよ」

「……もしかして、僕を狙(ねら)ってくると？」

「あり得ない話じゃないわ」

それは、裏切り者が僕を直接狙ってくるという可能性だ。

「それに、まだ仮説が完璧に立証できたわけじゃない。まだやることは、山積みよ。仮に公表するとしても、後数年は時間が欲(ほ)しいわ」

「……なるほど。事情は色々と理解しました」

どうやら、僕が思っている以上に、複雑な背景があるようだ。

それに研究もまだまだ時間がかかるのだろう。

僕が黄昏因子(トワイライトファクター)を持っていると分かっても、それを応用できなければ意味はない。

黄昏因子(トワイライトファクター)を移植するにしろ、発現させるにしろ、やるべきことはたくさんあるとエリーさんは言う。

「まずはそうね。今後も研究に協力してくれるかしら？」

「それはもちろんです」

「ありがとう。でも、研究者にも色々と気をつけないとダメよ？」

「と、言うと？」

「仮定の話だけど、……あなたをバラバラにして調べたいって人間が出てきても不思議はないの」

「……そんな人がいるんですか？」

「ゼロではないわね。そもそも、研究者は私も含めて変わった人間が多いから。あ、勘違いしないように言っておくけど、私はそんなことはしないからね？」

「それはその……とても助かります」

勝手に一人で盛り上がっていたが、確かにその可能性もあるのか……と考えると少しだけ身震いしてしまう。

僕が宿している黄昏因子は人類にとって重要なものではあるが、それを純粋な興味または悪意を持って利用する人間もいるということだ。

そのことを僕はしっかりと理解しないといけない。

「黄昏因子(トワイライトファクター)だけど、今も適応は進んでいるのかしら？　それとも現状維持(いじ)になっているのか……そもそも、黄昏因子(トワイライトファクター)がどのような働きをするのか、分かっていないのよね」

「そう……ですね。僕としても、まだ分からないことが多いかと」

　自分の体ではあるが、分からないことは多い。

　表面的な部分、黄昏の中でも生存できることや魔法(まほう)が黄昏を応用するものになっているなどは分かるが、本質的な部分は僕でも分かっていない。

「資料にはあるけど、魔法も変化しているのよね？」

「はい」

「黄昏を応用したものが多いとあるけど、最近も何かあった？」

「えっと……」

　そして僕は話を続ける。

「今までは不可視の刀剣(とうけん)を使っていたのですが、今は完全に黄昏色をした刀剣になりまして。相手の黄昏領域(トワイライトフィールド)を吸収して、刀剣に変質させるようになりました。今では不可視ではないので、僕は黄昏刀剣(トワイライトブレード)と呼んでいます」

「黄昏刀剣(トワイライトブレード)ね。発動時間は？」

　彼女はどうやら、僕の話を聞きながら資料にその内容を書き込んでいるようだった。

「発動時間は全力で発動しても、三時間は余裕(よゆう)かと」

「かなり保(も)つわね」

「はい。黄昏を利用しているので、自分の魔力(まりょく)はそこまで必要ないんです」

「なるほどね。それはかなりコスパがいいわね」

次は、黄昏眼(トワイライトサイト)の話へと変わる。

「目の方は、視界に黄昏を粒子(りゅうし)として知覚できるのよね？」

「そうですね。細かい粒子の流れなども知覚できます」

「黄昏眼(トワイライトサイト)は他にも使用者がいるけど、あなたの場合は違うかもしれないから質問をしていくわね」

「分かりました」

その質問で分かったことだが、どうやら僕の黄昏眼(トワイライトサイト)はかなり精度がいいらしい。普通(ふつう)は僕ほどの精度で黄昏の粒子の流れを知覚することはできないとか。

「……なるほど、ね。もしかすればこの黄昏に起因する力は、黄昏因子(トワイライトファクター)によって生じているのかもね。または逆にその能力によって黄昏因子(トワイライトファクター)が生み出されたとか……いやでも、そっちは考え難いわね」

一人でぶつぶつと言っているようだが、それは思考が外に漏(も)れているのだろうと推察する。

僕はその様子を黙って見ているだけだった。

「よし。大体分かったわ」

「今日は以上ですか？」

「まだ時間があるなら、体の方も診ておきたいけど……大丈夫？」

「はい。今日はこれ以外に予定はないので」

エリーさんに自分の体を診てもらうことになった。

僕は縦長の台の上に横になって、そこで上着を脱ぐように言われた。

「ユリア君の、黄昏症候群の進行具合……報告書では目に通してたけど、絶対に普通の人間なら死んでいるわね。この体に刻まれている黄昏の刻印が何よりの証拠ね……」

「はい。それは自分でも思います」

僕の体には、赤黒い刻印がびっしりと刻まれている。

これは黄昏を放浪していた時にできたもので、徐々にその数は増えていった。今となっては、黄昏にいる時間はそれほど長くないので進行していないのだが、あの二年間だけでかなりの刻印が体に刻まれることになった。

「私は黄昏症候群の患者も診ているから分かるけど、本当に尋常じゃないわね……このレベルは何年かに一人。それこそ、このレベルまでいくと意識がない状態が普通で、そのまま死んでいくわ。やっぱりユリア君には特別な何かがあるのは間違いないわね」

そして、彼女は魔法を使って僕の体を調べていく。

何の魔法を使っているのか知らないけれど、特に体に痛みを感じることはない。

「エリーさん。何の魔法を使っているんですか？」

「簡単に言うと体の中を調べる魔法よ。自分の魔力を少し相手に分け与えて、それを体に巡らせる感じかしら。ちょっと難しいから、素人にはできないけどね。それにしても……調べれば調べるほど、凄い体をしているわね……」

その言葉は、僕に言っているというよりも独り言に近いものだった。

それから三十分くらい経過して、服を着ていいと言われたので無事に検査は終了したようだった。

「お疲れ様。ありがとうね」

「いえ。ご協力できたのなら、良かったです。それで何か分かりましたか？」

「うーん……まだやっぱり、そこまで詳しいことは分からないわね。ただし、黄昏因子のようなものがどこから発生しているのか。それはおおよそ、掴めたわ」

「それは一体どこなんですか？」

恐る恐る尋ねてみる。

僕としても別に緊張する要素はないのだが、妙に言葉が上擦ってしまう。

それはきっと、自分の体について少し怖いと思っている面があったからだろう。

はっきり言って、僕の体はすでに普通の人間のものではない。

厳密に言えば、全人類は多少なりとも黄昏に侵されているので、それが普通といえば普通なのだが、僕の場合はあまりにも異質だ。

死んでしまうはずの黄昏を浴びているというのに、死ぬことのない体を手に入れている。

心のどこかで僕は、それを怖いと感じているのかもしれない。

そしてエリーさんは自分の左胸をトントンと叩いた。

「ここよ」

「心臓、ですか？」

「ええ。心臓付近と言った方が正しいかもしれないけど」

「そこが黄昏因子の根幹になっていると……」

「そうね。心臓は特に気をつけた方がいいわね。あなたは黄昏で戦うことが多いだろうし。でも、まぁ……心臓なんてみんな無意識に庇うから大丈夫だとは思うけど」

「いえ。分かっただけでも十分です。本当にありがとうございます」

ペコリと頭を下げる。

するとエリーさんはどこか懐かしそうな顔で僕のことを見つめてくる。

「……似ているわね」

「もしかして、父さんにですか？」

「ええ。博士もとても礼儀正しい人だった。善意が服を着て歩いているような人だったわ。それこそ、それで損をするとしても彼は正しくあり続ける人だった」

「……そう、ですね。僕も父のことは尊敬しています」

「私もよ。彼が亡くなったのは、人類としては大きな損失だった。きっと彼が生きていれば、研究ももっと進んでいたかもしれない……って、ごめんなさい。あなたには辛い話だったわよね」

「いえ。父の件はすでに心の整理はついているので。それにエリーさんにそう言ってもらえて、僕は嬉しいです」

それは心から出た言葉だった。

父さんの仕事は、研究は、誰かに認められるものだったんだ。

僕は研究者の道に進むことはなかったけれど、それでも父の遺志を引き継いで前に進んでいるという自負はある。

「強いわね、あなたは。流石黄昏で二年間も生きていただけはあるわ」

「いえ……僕は父の言葉がなければ、諦めていたと思います」

僕はそこから、今まで誰にも話すことのなかった黄昏にいた時の自分の想いが自然と言葉に出てきていた。

僕は何度も諦めそうになっていた。

生きるということに固執はしていたけど、諦めた方が楽になるのでは？　と考えたことが多かったと思う。

それでも僕が前に進むことができていたのは、父の言葉を思い出していたからだ。

人類を頼むと。

僕は今まで父がどれだけ努力してきたのか、詳しくは知らない。

でも懸命に努力している姿勢だけは理解していた。

家族との時間を作るために仕事を早く切り上げて、自宅に戻ってきていた。

当時はまだよく知らなかったけれど、父は自宅でも研究をしていた。

夜遅くに目が覚めた時に、父は小さな明かりを点けて書類の山を真剣に読み込んでいたから。

そんな父さんが亡くなる時に言った言葉は、僕の心に残り続けている。

黄昏での生活の支えは、それだけだった。

そしてこの結界都市に戻ってきて、やっと僕はその約束を何とか果たせそうなところまできた……という話をエリーさんにすると彼女は優しく僕の手を包んでくれた。

「そう……今までよく頑張ってきたわね」

「……はい。辛いこともたくさんありました。でも、ここまで頑張ってきて良かったです」

「ええ。博士もきっと喜んでいると思うわ」

少しだけ泣きそうになったが、僕は涙を流すことはなかった。

「そう言えば、父さんは仕事場ではどうでしたか？」

僕としては、仕事場で働いている父の姿は知らない。

だから気になって聞いてみることにした。

「うーん……やっぱり真面目の一言に尽きるかしら？」

「なるほど」

「ええ。生活リズムもしっかりとしていたし、研究を進めるのも早い。素晴らしい人だったわ」

「そうですか。やっぱり、父さんは父さんなんですね」

その後は二人で共通の話題で盛り上がったが、話は次の話題へと移る。

「これは博士と話して、後で私が考えた仮説なんだけど……」

「仮説ですか？」

「ええ。黄昏をどうやって止めるのか、という話よ」

「……詳しく聞いてみたいです」

ゴクリと喉を鳴らす。

黄昏を打破すると口で言っても、僕はまだその方法を知らない。

とりあえずは黄昏危険区域を進めばいいという漠然とした方法でしか、前に進めないと思っていたからだ。

「ユリア君は不可侵領域まで行ったのよね？」

「はい」

「思えば、黄昏は東に進めば進むほど濃くなっていくでしょう？」

「確かに……僕が経験した時も奥に進めば進むほど、濃くなっていました」

「単純な話よ。つまりはその最果てには、黄昏を発生させている原因があると思うの。これを考えた研究者はたくさんいるけれど、不可侵領域のサンプルがないから完全に頓挫していたけど、ユリア君の話を聞いて確信したわ」

その瞳は、どこか輝いて見えた。

とても美しいものだと僕は思った。

「最果てにある原因を取り除けば、黄昏は淘汰することができる。そもそも、黄昏の発生は人魔大戦の最終盤だと聞いているわ。その時に、魔族側が何かしたのは間違いないでしょう」

「では、最果てまで人類は進む必要があると？」

「……そこが問題なのよね」

ふぅとエリーさんは息を漏らす。

「今の状態だと、黄昏危険区域レベル1も攻略できていないの。そうなってくると、どれだけ時間がかかるか分からないわね」

「そうですね……」

それは言ってしまえば、非現実的なことなのかもしれない。

黄昏危険区域はレベル5まで設定されており、そこから先は不可侵領域とされている。

しかし、その中を進んでいかなければ人類に未来はない。

今は何とか現状維持することができているけれど、これから先はどうなるのか全く分からないからだ。

「でもエリーさん」

僕は自然と自分が思っていることを口にした。

「無理かもしれないけど、できるかもしれません。それに、それが分かっただけでも大きな一歩です。あとは僕たちが切り開いていけばいいだけですから。任せてください。絶対に、黄昏を突破してみせます。今まで道半ばで倒（たお）れていった人のためにも、僕は戦い続けます」

僕の存在によって研究は進む。黄昏因子（トワイライトファクター）が反撃（はんげき）のきっかけになり、それによって黄昏危険区域の中をさらに進めるようになるかもしれない。

今までは進むことのできなかった領域に人類が進めるようになる。そして、僕はおそらくは人類で一番耐性（たいせい）を持っている人間だ。だから、僕がしっかりと前に進んでいくべきだろう。

「どうかしましたか？」

エリーさんはポカンとした表情を浮（う）かべていた。

「……本当に似ているわね。えぇ。とっても。でも、どうしてかしら。あなたがそう言うと、何だか本当にできそうな気がするのよね」

「実現してみませんか。エリーさんの研究にも協力しますので」

「えぇ。そっちは任せてちょうだい。改めて、これからよろしくね。ユリア君」

「はい」

握手を交わす。

エリーさんの手はとても薄くて冷たい手だった。

でも、所々にペンだこがありずっとペンを持っているのが窺えた。

戦う場所は違うけど、どちらも絶対に必要だ。

僕たちSランク対魔師は最前線で戦い続けている。

一見すれば、人類の可能性の象徴ということもあって目立つのは当然なのかもしれない。

けれど、サポートする人たちがいるからこそ僕らは戦うことができる。

エリーさんたちのような人がいるからこそ、安心して前に進めるということを僕は今日改めて理解した。

今日は本当にここに来て良かったと僕は思った。

「じゃあ、また会いましょう……と言いたいところだけど、また近いうちに会うでしょうね」

「もしかして、パーティーの件ですか？」

「ええ。私も一応、Sランク対魔師だから。まぁ厳密には研究者だから名誉Sランク対魔師と言った方が正しいけど……今回はちゃんと出ないと、と思って」

「そうですか。では、またパーティーでお会いできるのを楽しみにしています」

僕は深く頭を下げると、エリーさんの研究室を去っていく。

彼女はニコリと微笑んで、手を振ってくれた。

バタンと扉を閉じると、来た道を戻っていく。

「ふぅ。それにしても、パーティーか」

先ほどの話にあった、実は週末に第一結界都市でパーティーが開かれることになっている。

襲撃があったばかりでどうなのか、という話もあったそうだが逆にこんな状況だからこそ行うべきだろうという話になったらしい。

前回は僕のＳランク対魔師の任命式のようなものがあったが、今回はそれはない。

純粋に集まって、立食をしながら会話をするのだろう。

僕たちＳランク対魔師は警護ではなく、パーティーに参加する側だ。

周囲の警護などは他の対魔師がやってくれるらしい。

曰く、Ｓランク対魔師もまた参加するべきだと。

「パーティーか……」

前回は訳も分からないまま終わったけど、今回はＳランク対魔師として自覚した上で立ち振る舞うべきだろう。

きっと貴族の人に会うこともあるし、もしかすれば王族の人に会うこともあるかもしれない。

改めて気合を入れ直すと、僕は今日泊まる宿屋へと歩みを進めていくのだった。

週末がやってきた。

今日は夜の十八時からパーティーが開始される。

招待状を持っているのを確認する。

身なりも高価なスーツに身を包み、髪形も整えてある。

鏡で確認したが、どこもおかしなところはないはずだ。

「よし」

そう言葉にして、僕はパーティー会場へと向かう。

今回のパーティー会場は王城であり、受付は一時間前から行われる。僕はいつものように、少しだけ早く行くことにする。

一番若いSランク対魔師だし、遅れていくのは失礼だと思って。

スーツで歩くのは少しだけ動きづらいけど、これからパーティーなどは何度も招待されるのかもしれない。

慣れておくべきだろう。

王城に向かう途中、改めて第一結界都市の街並みを目にする。

つい数ヶ月前、僕はここで死闘を繰り広げていた。

それが嘘みたいに、今は復興が進んでいる。

あの時の戦いを思い出すと、本当に無茶をしたと思う。

ただ懸命に、目の前の敵を倒すことしか頭になかったから。でもそのおかげで、被害はできるだけ抑えることができたので結果的には良かったのだが。

「……」

少しだけ立ち止まってみる。

ちょうど今は、ダンと戦った場所の近くにやってきた。

ダンのことは……あまり快く思っていなかった。

嫌い な人間の部類に入るだろう。

彼は人類を裏切って、謎の力を手に入れていた。

最後は自壊していくような形で消えていったけど、本当にあれは何だったのだろうか……。

そう考えていると、僕は後ろから声をかけられる。

「もしかして、ユリア？」

振り向く。

そこに立っていたのは二人の女性。

「レオナ。それに、ノーラも」

最後に会ったのは確か、僕が病院に入院していた時だった。

二人は僕に謝罪をして、あの時のことを全て話して罪を償う……という話をしていた。

そんな二人とばったりと会うなんて考えもしなかったが、どうやら二人とも元気そうだった。

「ユリアはその……元気だった？」

少しだけ声のトーンを落として、レオナがそう尋ねてきた。

どこかよそよそしいのは、僕に対して後ろめたさがあるからだろう。

僕も完全に気にしていない……と言うと、違うかもしれないが償う機会は与えるべきだと思っている。

だから責めるようなことはせず、自然と二人と会話をする。

「うん。少し忙しい日々が続くけど、普通に元気だったよ」

「……忙しいって、Sランク対魔師のお仕事？」

「そうだね。でもやりがいはあるよ」

「そっか……ユリアは、相変わらず頑張ってるんだね」

レオナの表情はどこか儚げだった。

僕は今の二人がどうしているのか、尋ねてみることにした。

「二人は今、どうしているの？」

その質問には、ノーラの方が答えた。

「私たちは、その……学院は退学になったけど、ちゃんと復興のお手伝いとかしているよ？

それに一応対魔師としての資格は剥奪されなかったから、街の警備とかできる仕事をしているの」

「それは、良かったよ。いや僕が言うことじゃないのかもしれないけど、それでも……二人が生きていて良かったと本当に思う」

あの時、ダンはこの二人を殺そうとしていた。

それを何とかギリギリのところで助けることができたのは、本当に良かったと思う。あのまま見過ごしていれば、僕は絶対に後悔していたはずだから。

「ユリア。改めて、あの時は助けてくれてありがとう」

「ええ。本当にありがとう」

深く、とても深く頭を下げる二人。

人は口だけなら何とでも言えるだろう。反省の言葉も、それは行動してこそ本当の反省になり得る。

きっと二人なりに色々と考えて、今できることを実行しているのだろう。

反省するには、自分の罪の意識と向き合っていくには、行動するしかないと僕は思う。

「どういたしまして。じゃあ、僕は行くよ。また会えたら、その時はよろしく」

「えぇ」

「バイバイ、ユリア」

変わった……と思う。

僕の知っている二人とは別人、とまでは言えないがとても落ち着いたと思う。

そして僕は二人を背にして進み始めると、壁の横からスッと人影が出てきた。

「うわっ！」

「わっ……って、先輩ですか……驚かさないくださいよ」

「ふふふ。ちょっとやってみたくて」

「はぁ……普通に驚きましたよ」

僕をからかって笑っていのは、エイラ先輩だった。

桃色のツインテールの毛先は、いつもより丁寧に巻かれていた。

それに服装も真っ赤なドレスを着ていて、とても似合っている。

「ちょうど私もこっちの道だったから、ユリアを見つけたんだけど……あの二人って、この前の病院に来ていた二人よね。確か……」

先輩には僕の昔のことは少しだけ話してある。

ダンの件なども、Ｓランク対魔師の間で共有する必要があったからだ。

その時、エイラ先輩は静かに怒っていた。

レオナとノーラに対して何かしようというつもりはないのだろうが、とても不機嫌になっていたからだ。

「はい。でも今は、更生しようと頑張っているみたいです」

「そうだといいけどね」

「ちょっとトゲがありますね」

先輩の言い方は、まるで「無理なのに頑張っているわね」と皮肉めいた言葉を言っているみたいだった。

「だってそうじゃない？　昔はあなたをいじめていたのに、命を助けられたからって改心してそれで報われようとしている。別に不幸になって欲しいとか思っているわけじゃないけど、何だか割に合わないと思ってね」

「それは……。でも別にいいんです。僕はあの二人の命を助けたことを後悔していません。このまま少しずつでも変わっていってくれたら、それだけで嬉しいですから」

「大人ね。ユリアは」

「そうありたいと願っているだけです」

と、そんな風に話しながら進んでいくと視界に王城が見えてきた。

王城自体はあの時の襲撃の影響をそれほど受けていないので、たった一ヶ月程度で修復された。

それに、王城は結界都市の結界を維持している古代魔法が作動しているので、最優先で修復が進んだとか。

僕とエイラ先輩の二人は、無事に受付を済ませると早速パーティー会場へと入っていく。

すると視線が一気に僕の方に集まるのを感じた。


「あれが……」

「かの襲撃を鎮圧した英雄ですか」

「若いですな」

「ええ。そのようです」

「しかし、あの若さでSランク対魔師に抜擢されたのち、すぐに襲撃を鎮圧したのは素晴らしいですな」

「ふふ。それに、とても可愛らしい顔ですわ」

はっきりと声が聞こえているわけではないが、間違いなく僕のことについて話しているのだろう。

あの襲撃の件で褒められることは増えたけど、何だかそれは純粋な眼差しというよりは何か別の思惑があるような視線だった。

「ヤッホー！　ユリア君とエイラじゃ～ん！」

「うげ……どうしていつもパーティーの時は、嫌いなやつが来るのよ……」

「もー！　そんなこと言って、本当は好きなくせに！」

「そういう態度が嫌なのよ！」

やってきたのはクローディアさんだった。

真っ黒なドレスは大胆にも背中がかなり大きく開いているものだった。それに、胸の方も大胆に開けており胸の谷間がしっかりと見える。

抜群のプロポーションを持っているクローディアさんだからこその、ドレス姿だった。

「ユリア……なんか、私の時と反応が違うわよね？」

「え……!?　そんなことないですよ！」

まずい。

完全にクローディアさんのドレス姿に気を取られていた。

気がつけば、エイラ先輩にじっと睨み付けられていた。

「あらあら。でも、私って魅力的だし仕方ないと思うわよ？　エイラはまぁ……将来に期待ってことで！」

「むきー！　その上から目線が腹立つのよー！」

二人は喧嘩をし始めてしまったので（と言っても、エイラ先輩が噛み付いているだけだが）、どうしようかと考えていると会場の隅にいたベルさんと目が合った。

「ベルさん……！　この前はどうもありがとうございました」

「……ユリア君。ううん。私もとても有意義な時間を過ごすことができたから、良かったよ」

ベルさんもまた、ドレスに身を包んでいるがそれほど派手なものではない。胸など出るところはしっかりと出ているが、大胆に開いていたりはしない。

ヒールを履いているようで、高い身長がさらに高くなりとても大人っぽいと思った。

「ドレス。とてもよく似合ってます」

「……ありがとう。ユリア君もかっこいいよ？」

「はは。ありがとうございます」

そして僕らは、少しだけ会話を続けるのだった。

「……ユリア君は人気者だね」

「人気者、ですか？」

「……うん。あなたの周りには、いつも人がいる。それにみんな笑っていると思う」

「でも僕が人気と言うよりも、まだ僕が未熟だから心配してくれているのかもしれませんね」

「……そうかな？」

「どうでしょう。自分では、よく分からないので」

軽く笑みを浮かべるが、ベルさんと話すのはどこか心地よかった。

声は小さく、口数も多い方ではない。

でもどうしてだろうか。

ベルさんとは妙に波長が合う気がするのだ。

「あ、そういえばリアーヌ王女は一緒ではないんですか？」

「……リアーヌ様は別室でお召し物の準備をしているから」

「あぁ。なるほど」

「……それに今回のパーティーには他の王族の方々も来るらしいから、ね。女王は予定があって、厳しいかもしれないという話だけど」

「なるほど……」

どうやら以前よりも集まる人間はそれなりに階級の高い人になる、というものだった。

それに今回のパーティーの名目は、無事に復興が進んでいるということとSランク対魔師たちのお披露目という意味合いもあるらしい。

ベルさんはそのことを淡々と教えてくれた。

「……ユリア君は大丈夫だと思うけど、色々な人に話しかけられると思うから頑張ってね」

「分かりました」

色々な人、というのは具体的に誰を指しているのかは知らないが、おそらくは貴族の人と話すことが多くなるのかもしれない。

そしてベルさんと別れて一人で会場内を歩いていると、目の前に立っている少女と目が合う。

彼女はニコリと微笑みかけてくると、僕の方にゆっくりと歩みを進めてきた。

「あの……」

「はい。いかがなさいましたか？」

格式ばった口調は慣れていないけど、相手は貴族のお嬢様に違いない。

綺麗に整ったブロンドの髪に、ドレスも一見しただけで上質なものだと分かる。

顔も上品に整っており、貴族出身であるのは明らかだ。

正直なところ、内心ではどんなことを話しかけられるのだろう……と緊張しているが、それを表に出さないように努める。

「実はあの襲撃の時に、助けていただきまして」

「すみません。お顔までは覚えていなくて……その、お怪我はありませんでしたか？」

「はい！　魔物に襲われているところをちょうど助けていただきましたので、大丈夫です！」

「それは良かったです」

そこから先、妙に熱のある瞳で僕のことをたくさん褒めてくれた。

あの時助けてくれたことがどれだけ嬉しかったのか。

まだSランク対魔師に抜擢されたばかりなのに凄いとか。

それはもう、褒めちぎられるばかりで僕は愛想笑いを浮かべるしかなかった。

「その……今度、私の家に来ませんか？　お礼をしたいのです」

気がつけば、ギュッと両手を握られていた。

「えっと……その、申し訳ありません。現在はSランク対魔師としての任務などもありますので、すぐにお答えすることはできません」

「……いいえ。いいのです。またいつか、機会がある時にでも是非」

「はい。その時はよろしくお願いします」

とりあえず、そこで話は終わるかと思った。

すると次から次へと僕に助けられたという女性がやってくるのだ。

中には顔を覚えている人もいたが、覚えていない人もいた。

それにやってくるのは若い女性とその両親ばかりで、僕は違和感を覚えていた。

中には、是非婚約の話を進めたいというものもあった。

流石に婚約などすることはできないので、お断りしておいたけど、機会があれば是非にとお願いされてしまった。

どうして僕がこのパーティーに呼ばれたのか。

その一端を、嫌な形で理解してしまうのだった。

それから疲れた僕は、気配を消すようにして会場の隅にいた。

現在はリアーヌ王女や他の王族の方々も合流して、そちらに目がいっているので隠れるにはちょうど良かった。

「ユリア。お疲れ様ね」

「……エイラ先輩」

僕は疲れ切った表情で、エイラ先輩の顔を見つめる。

先輩はどうやら全然元気な様子だった。

「遠目から見てたけど、モテモテね」

「……そんないいものじゃなかったですけど」

「婚約、申し込まれたでしょ？」

「聞こえてたんですか？」

「そんなの、見ていれば分かるわ。貴族からすれば、あなたは突然現れた英雄的存在。ユリアを取り込めば、貴族としての地位も上がると思っている人間は多いからね」

「……僕に助けられた、という人があまりにも多いとは思ったんですが」

この話から察するに、確かに助けられた人もいるだろう。

しかし、どうやらそうではない人も混ざっていたようだ。

「まぁ半分以上は嘘なんじゃない？　襲撃がメインであった場所は貴族街から離れていたし」

「はぁ……そういうことでしたか。もしかしてエイラ先輩も昔からこんなことを経験していたんですか？」

「まぁ似たような感じね」

「そうでしたか……」

どうやらSランク対魔師になるということは、思った以上に大変そうだと僕は改めて理

解するのだった。

「あ、ちょうどリアーヌがこっちを見てるわね」

「リアーヌ王女が？」

すると正面から艶やかなドレスを身に纏ったリアーヌ王女が僕の方へと歩みを進めてきた。

「ユリアさん。それにエイラも。お元気ですか？」

「私は元気だけど、ユリアは婚約の申し出が多くて大変みたいよ」

「まぁ。それは、とても光栄なことですね？」

「……本当にそう思っていますか？」

よく見ると、リアーヌ王女は口元に手を当ててクスクスと笑っている。

「いえいえ。すみません。ユリアさんも苦労しますね」

「……これから慣れていくといいんですが」

「活躍する対魔師はどこでも人気ですから。ほら、あちらを見てください」

視線の先には、一人の男性が立っていた。

それはサイラスさんだった。

周りには美男美女が並んでおり、圧巻だった。

僕なんかとは明らかに格が違うのだろう。

「サイラスは昔から人気ですが、婚約の話などはとても上手く躱すのです。ユリアさんも、きっとすぐに慣れると思いますよ」

「そうだといいんですが」

そうしていると、ダンスをする時間がやってきた。

音楽に合わせて軽快にステップを踏むだけでいい、とエイラ先輩に言われるがどうにもこれは難しい。

しかし、彼女はとても慣れているようで僕のことをしっかりと導いてくれる。

「ほらユリア。しっかりしてよ。あなたの方が身長が高いんだし」

「す、すみません」

「まぁいいけどね。私がしっかりと教えてあげるから」

それから様々な人とダンスをした。

クローディアさんとベルさん、それに先ほど会話をした貴族のお嬢様方にも物凄い勢いで声をかけられた。

「ユリア様。どうか次はわたくしと」

「では、その次はわたくしで」

「わたくしもお願いいたしますわ」

「えっと……その。分かりました」

断ることのできる雰囲気でもなかったので、僕は否応なく彼女たち一人一人と踊ることになった。

とてもいい経験にはなったが、今回のパーティーは個人的には色々とトラウマのようなものが残るものになってしまった。

次からは、もっと覚悟して行くことにしよう。

そうして無事にパーティーも終わることになった。

あまりにも貴族のお嬢様たちの相手で忙しかったので、他の人たちとはあまり話す機会がなく終わった。

リアーヌ王女以外の王族の方とも話をすることなく終わった。

むしろ、今回のパーティーの目的は貴族の人たちにとっては、僕と娘を婚約させることなのでは？　と思うくらいに色々と声をかけられた。

それにしても婚約か……。

貴族の世界では本当に好きな人と結婚をする、というよりは誰と結婚するのかが大切だということを学んだ。

特にSランク対魔師になると、たとえ貴族の出身ではないとしてもその強大な力を持つ遺伝子と、人類の象徴という存在を手に入れることが何よりも誇りになるとか。

そんな話を聞いた時に、僕は派閥の話を思い出していた。

人間は黄昏に立ち向かっていかなければならない。

しかし、それを真剣に考えていない人間もいる。

むしろ今の結界都市でどのように立ち振る舞っていくのか。

権力というものは人をおかしくしてしまう、とまでは言わないがそれに近いものはあるのだと僕は思ってしまった。

悲しくはある。

でもそれも人間の一面として受け入れていくしかないのだろう。

「……月が綺麗だなぁ」

今日は晴れの日ということで、夜になっても空には雲一つ存在しなかった。

月明かりと星の光に照らされながら、帰路へとつく。

たった一人で帰っているのだが、パーティーでとても大変な思いをしたので今はちょうど一人になりたい気分だった。

「……？」

歩みを進めていると、僕は違和感を覚えた。

それはこの近くで妙な魔力を感じ取ったからだ。

それに、後ろから見られているような視線も感じ取っていた。

「……」

敢えて気がつかない振りをして、僕は歩みを進める。

しかし、行く先は宿屋ではない。

狭い路地裏に進み、後ろにいる気配が僕の跡をつけているのか確かめたい。

仮に戦闘になったとしても、大きな騒ぎにならないように路地裏を選択した。

また、敢えて人が通ることのないような道を選んでいるが、その気配はしっかりとついてくる。

敵か？

でも敵といえば、誰なのか。

それは裏切り者に決まっている。

しかし、おかしい。

あれほどの計画を実行する相手が、こんなに簡単に尻尾を掴ませることがあり得るのだろうか？

僕にはそれが疑問だったが、とりあえずは路地裏に進んでいく。

まずは体に魔力を流し込み、すぐに魔法を展開できるようにしておく。

そして曲がった瞬間に相手が来るのを待ち伏せる。

「……誰だッ！」

緊迫した声で、僕は目の前にやってきた相手に対して黄昏刀剣を突きつけた。

「あ……えっと、その……」

目の前にいたのは、最初に僕に声をかけてきた貴族のお嬢様だった。

「す、すみません！　つけてしまうようなことをして……！」

僕はすぐに黄昏刀剣をしまうが、刀剣を突きつけられたということで彼女はとても焦っていた。

それこそ、僕を怒らせてしまったのではないかと勘違いしているようだった。

「いえ。すみません。誰か怪しい人間が襲いかかってくると考えていたので。それで、何か御用ですか？」

敢えて冷静に尋ねる。

彼女が裏切り者、またはそれに準ずる何者かという線は捨てきれないからだ。

「いえ……実はその、どうしてもユリアさんのことが気になってしまいまして……宿に泊まると聞いていたので、お部屋までご一緒できればと思ってしまい……」

どうしてそんなことをするのか。

それを僕から聞いてしまうのは野暮というものだろう。

この世界には吊橋効果というものがある。

それは恐怖心などを抱いた時の高鳴りを、恋心と勘違いしてしまうものだ。

彼女が僕に対して何か特別な感情を抱いているのは、パーティーの時からなんとなく察していた。

でもだからこそ、僕はここでキッパリと言葉に出しておくべきだろう。

「誠に申し訳ありませんが、現在は婚約や特定の女性と交際するつもりはないのです。ご理解いただければと」

「その……分かってはいるのです。Sランク対魔師の方々が守ってくれていることは。黄昏に赴いて、危険な魔物たちと戦い続けていることは。でも、その……決してあなたの重荷にはなりませんので、側に置いてはくれないでしょうか？」

きっと昔の僕なら、こんな貴族のお嬢様に求められることはなかっただろう。

仮に僕がSランク対魔師ではなく、普通の対魔師だったならば可能性としては交際などもあり得たのかもしれない。

だが僕は、今は特定の誰かのことを思いやりながら戦うことはできない。

そんな器用に生きることはできない。

「申し訳ありません。お気持ちは嬉しいのですが、自分にはそんな余裕はありません」

「そう……ですか。いえ、無理を言って本当に申し訳ありませんでした。それに、無断で付き纏うようなこともしてしまい……それでは私は、これで失礼します」

ペコリと頭を下げたのち、彼女は涙を流しながら去っていった。

僕はその様子を彼女が見えなくなるまでじっと見つめていた。

それは彼女に対して、特別何か思うところがあるというわけではない。

あのときの視線。

あれは本当に彼女のものだったのか？

確かに途中からつけてきている人間は間違いなく、彼女だったのだろう。

だが、その中に込められた鋭い視線。

それは普通の人間には出すことのできないものだ。

それこそ、黄昏で獲物を狙っている獰猛な魔物のような……。

僕はそんな違和感を覚えつつも、これ以上はどうすることもできないと思いそのまま宿屋へと戻っていくのだった。

「どうやら失敗したようだな」
「申し訳ありません……上手くいかなかったようで」
ユリアのことを追いかけた貴族の令嬢は自分の父親に対して、頭を下げていた。
「いや。お前はよくやってくれている。しかし、あのパーティーでユリア・カーティスを狙っている革新派が多いことはよく理解できた」

貴族たちがどうしてユリアを狙っているのか。

それは、彼が将来有望であるということも要因としてはあるのだが、そこには保守派と革新派の派閥争いも絡んできていた。

最高司令部の中には、ユリアの存在が特異点になると思い彼を確保することが重要ではないか、と考え始める人物がいたのだ。

そこでパーティーを開くことによって、ユリアを上手く自分の配下に取り込むことはできないか……と保守派の貴族は企んでいたのだ。

仮に黄昏を打破できるにせよ、できないにせよ、ユリアの存在は今後の結界都市を大きく変える存在になると考えている人間は少なくない。

そこで、ハニートラップとまでは言わないが、それに近いものをユリアに仕掛けたのだ。

中にはかなりの美女なども用意していたのだが、ユリアがそれに靡くことはなかった。

元々、正義感に強くこの程度の仕掛けに揺らぐような人間ではないのでは？　と思っていたが、ものは試しということで仕掛けてみたが失敗に終わった。

その意思はまるで鋼のように硬い。

黄昏を打ち破ることに自分の人生を捧げることに、迷いなど全くない様子だった。

「ふむ……上の方には、私から言っておく。お前は今日は休みなさい」

「はい。お父様」

貴族たちは、こうして虎視淡々(こしたんたん)とユリアのことを狙っていくことになるのだった。

第四章　黄昏危険区域レベル２　攻略作戦

第七結界都市に戻った僕は、以前と同じような生活を送るようになった。

学院に通いつつも、Sランク対魔師としての活動を続ける。

黄昏での戦闘にも慣れてきたし、それに他の対魔師とも顔見知り程度にはなってきていて、会話も少しはするようになった。

Sランク対魔師ということで、僕がパーティーを組んだ際には最前線を引っ張っていくのだがそこで遺憾なく実力を発揮することで、少しずつ認められるようになってきているらしい。

そんな話を僕はシェリーから聞くのだった。

「ユリアってば、最近は凄いみたいね」

昼休み。

僕はシェリーと二人で昼食を取りながら、そんな話をする。

「凄い？」

「ええ。Sランク対魔師として、活躍しているって」

「そんな噂が流れてるの？」

「みたいよ」

「そっか。まぁ僕としてはSランク対魔師としてちゃんとできているなら良かったよ」

実際のところ、周りの評価はそこまで気にしていないのだが、褒められて悪い気はしない。

「あ……そういえば、この前さ。第一結界都市でパーティーがあったよね？」

「え。なんで知ってるの？」

どうしてだろう。

僕に全く悪いところなどない。

でも、シェリーがその話を出してきた瞬間。

何か嫌な予感がしたのだ。

「ソフィアのお父さんて、Sランク対魔師でしょ？　それ経由で聞いたのよ」

「そ、そっか……」

これ以上、話を掘り下げないで欲しい。

僕は天にそう祈りながら、平然とした顔をしていた。

しかし、どうやら天は僕に味方などしてくれることはないようだった。

「……たくさんの貴族のお嬢様に求婚されたって話。本当なの？」

はい。

ということで、シェリーの話す内容は僕としては一番したくないものだった。

「えっと……いや、全員が全員そうじゃなかったけど？」

「ふーん。でも、本当の話なんだ？」

「い、いや別にそんなものでもないよ？　それに色々と裏があるみたいだし……」

「裏？」

「……実は」

勘違いされたくないので、僕は正直にシェリーに話すことにした。

思えばどうしてシェリーがそんなことを気にするのか、彼女には全く関係ない話だろうと言って一蹴することもできるのに僕は言い訳めいた感じで説明をしていた。

これじゃあまるで、不倫がばれた夫のような感じだった。

いや実際にはどんな感じか知らないけどね？

「へぇ……貴族も色々とあるのねぇ」

先ほどまでの真剣な雰囲気はどこかにいっていた。

心の中でほっとすると同時に、僕は話を続ける。

「うん。なんでもSランク対魔師にはよくあることらしいよ」

「そうなの？」

「らしいよ。特にサイラスさんは凄かったし。周りには美女ばっかりだったよ」

「でも序列一位ならそれも無理はないのかもね」

「そうだね」

「ということは、ユリアは今後も狙われるわけね」

「……」

じっと見つめられるので、顔をなんとなく逸らしてみる。

シェリーの睨む眼光は、あまりにも鋭いので何か怖い。

「いや……でも僕は、今のところは誰かと婚約とか交際とか全然考えていないから」

「そうなの？」

まるで意外、という顔をしているシェリー。

一体僕のことをどう思っているのだろうか。

「うん」

「へぇ。周りに美女ばかりだったら、ユリアでも流されると思ってた」

「僕は黄昏を打ち破ることしか、今は頭にないから」

「そ、そうなんだぁ……」

シェリーは顔を少しだけ赤く染めながら、頬を軽く掻いていた。

そして僕はこの話題から離れるためにも、シェリーにとって嬉しい話をすることにした。

「そういえば、次の任務なんだけど実はベルさんも一緒になるって」

「……え⁉　本当に⁉」

「うん」

「ということは、先生がまた第七結界都市に来てくれるの⁉」

「そうだね」

シェリーの反応は僕が思っているよりも、数段上のものだった。

よっぽどベルさんのことが気に入ったに違いない。

たった二週間だったけれど、彼女にとってベルさんは非常に大きな存在になったのだろう。

それは憧れと言ってもいいのかもしれない。

「明日の朝、いつもの演習場に来てくれるらしいから。よろしくね」

「ええ！　絶対に遅れないようにするわ！」

そうして翌日。

シェリーは誰よりも早くやってきていて、すでに軽く汗を流していた。

ベルさんはそんなシェリーの様子を見て、少しだけ驚いているようだった。

「……シェリーちゃん。早いね」

「はい！　先生が来てくれるとのことなので、早めに来て練習しておきました！」

「ちなみにいつから来てたの？」

「三十分前です」

「……そっか。あんまり無理しちゃダメだよ？　休むのも大切な訓練だから」

「はい！」

と、そんなやりとりをしてから早速手合わせをすることに。

僕はあれからシェリーがどれだけ上達したのか知らない。

それでも、きっと彼女なら大きく成長している……そう思っていたが、それは良い意味で大きく裏切られることになるのだった。

「はあああああああああああ！」

「……！」

模擬戦ということで、今回は木刀を使用している。

少々打ち込まれても、真剣と違って死ぬことはない。

シェリーは以前のように果敢に挑んでいくが、今回は以前とは違う。

それはしっかりと基本的な動きをもとにした攻め方だった。

一見すれば、がむしゃらに打ち込んでいるようにも見えるが……今のシェリーには隙という隙があまり見えない。

むしろ、カウンターを狙っているような感じだ。

互いに距離感を一定に保つ。

あまり大きく入りすぎてしまっては、すぐにカウンターをもらってしまうからだ。

シェリーは以前の手合わせでは、それを嫌というほど実感している。

理屈ではそれを理解できるが、体に染み込ませて実際に実行するということだとまた話が別になってくる。

おそらくは、一人で淡々と訓練に励んでいたのだろう。

そうでなければ、説明できない動き方だ。

だがどれだけ努力しても、残念ながら才能の壁というものは存在するが……シェリーは元々才能がある対魔師だった。

それが正しい方向性で努力をすればどうなるのか。

その結果を僕は目の当たりにしているようだった。

「……ッ！」

ベルさんは少しずつ焦り始めている。

彼女は確実にシェリーの攻撃を受け流しているが、それも時間の問題。

どこかで打って出なければ押し返せないことに気がついたのだろう。

そしてベルさんは、思い切り一歩を踏み出した。

シェリーの右手首を狙って、鋭い一撃。

僕はそれを確かに目撃していた。

今までのシェリーならば、絶対に躱すことのできない一撃。

だが、彼女は咄嗟に体を一歩だけ引くと……なんとかそれを躱した。

いや、厳密に言えばギリギリのところで掠めた、というのが正解だろう。

「もらったッ！」

シェリーは少しだけ唖然としていたベルさんの袈裟を裂くようにして斬りかかるが、避けられたことで油断してしまったのだろう。

「……ちょっと甘いかな」

ベルさんは簡単にシェリーの一撃を下から弾き上げると、スッと喉元に木刀を差し出す。

「う……参りました」

「ありがとうございました」

ベルさんはいつものように、その場で丁寧に一礼をした。

それから先程の戦いについて、話を始める。

「……シェリーちゃん」

「はい……」

「最後、油断したよね？」

「その……先生の一撃を避けることができて……はい。すみません」

「……ううん。そんなに謝らなくてもいいよ。でも、油断大敵。勝つまで油断はダメだよ」

「はい。分かりました」

確かにシェリーは最後に勝ちを確信してしまった。

それが仇となり、ベルさんの次の攻撃に対処できなかったのが敗因だ。

しかし、シェリーは確実に成長している。

それは火を見るより明らかだ。

「……でも、それまでの戦いは良かったよ。距離感の取り方に、間合いの詰め方。刀での戦い方をよく分かっているね。私が教えてたこと、ちゃんと練習していたのがよく出ていたよ」

「は、はい！　一応その……毎日頑張っていたので。良かったです」

少しだけ嬉しそうにはにかむ。

シェリーの動きは良くなっている。

この短期間でこれだけ成長できるということは、才能があったのだろう。

刀を扱い、ベルさんと同じように力ではなく技量で突き詰めていく戦い方が。

僕はどちらかといえば、力で真正面から押し切るタイプなのでとても勉強になった。

「……それじゃあ、次はシェリーちゃんとユリア君でやってみようか？」

「私とユリアが、ですか」

「……うん」

チラッとベルさんが僕に視線を送ってくる。

その時、僕は理解した。

どうしてベルさんが僕とシェリーを戦わせたいのかを。

それは前のリアーヌ王女との会話を思い出して、たどり着いた結論だ。

ならば、僕としても力を抜くわけにはいかないだろう。

「……」

「よし……！」

互いに木刀を構える。

審判はベルさんがしてくれる。

「では……始めッ！」

その声が聞こえてきた瞬間。

僕とシェリーは互いに地面を思い切り蹴った。

「……」

予想とは違っていた。

僕はてっきり、シェリーがその場で攻撃を待っているものだと思っていた。

けれど、彼女は攻めてきた。

理解しているのだろう。

僕と真正面からぶつかり合うことは、得策ではないと。

待っているだけでは勝ち目がないと。

シェリーは相手が格上だと分かっていても、負ける気など毛頭ない。

戦いには心の強さも大きく関わってくる。

「はあああああああッ！」

鋭い一撃。

それが幾度となく繰り返されていく。

僕に攻撃させる隙を与えるつもりはないのか、シェリーは怒濤の連続攻撃を仕掛けてくる。

隙が生まれないように、刀でも切り返しもしっかりとしている。

僕としてもどこかで呼吸を合わせたいのだが、それを許してくれることはない。

なら……。

「……くっ！」

シェリーが声を漏らす。

僕が彼女の攻撃を、真正面から受け止めた。

腕力では僕の方が圧倒的に上だからこそできる力業だ。

そして鍔迫り合いのような形になり、僕はそのまま思い切って木刀を押し切るが……。

「……ふっ！」

シェリーもそれを読んでいたのか、僕の力は上手く受け流されてしまい、体が大きく前に流れてしまう。

「……はあああ！」

勝利を確信していた先ほどとは違い、シェリーに油断などなかったけれど、僕もここで負けるわけにはいかない。

Sランク対魔師としてまだシェリーに負けたくないと思ったから。

僕はそのまま体を前方に屈ませた。

「なぁ⁉」

空振り。

シェリーの狙いすませた一撃は、見事に空を切ってしまう。

どうやらこの避け方は予想していなかったようだ。

「僕の勝ち、だね」

「……参ったわ」

　避けたと同時にすぐに距離を詰めると、シェリーの胸元に木刀を当てる。

「……ユリア君は流石だね。私から教えることは、ほとんどないかも。あそこから屈んで攻撃を躱すのはかなり上級者だね。そもそも、避けることは余程集中してないと無理。私も普通は刀で受け流すことを選択するから」

「はい。でも僕としては、避けた方が次につながると思って、それを選択しました」

「……うん。いいと思うよ。それでシェリーちゃんだけど……」

　僕とベルさんが話している一方、シェリーは一人で落ち込んでいるようだった。

　ギュッと木刀を握り締めていた。

　負けたのが悔しいのだろう。

　それもベルさんと僕に連続して敗北しているのだ。

　決して気持ちが良いものではない。

「……シェリーちゃん」

「はい。先生」

　その気持ちを外に出すことなく、シェリーはベルさんの言葉にしっかりと応じる。

「……私の弟子にならない？」

それはまさに晴天の霹靂。

僕は心から驚いたシェリーの顔を初めて見ることになった。

ポカンと口を開けて、今言ったことが本当に信じられない……という表情をしていた。

「え、えっと……もう一度いいですか？」

「……私の弟子になって欲しいの。そして、私が持ってる剣技を全部シェリーちゃんに教える。秘剣も含めて」

「ど、どうして私なんですか……？　今も先生と、それにユリアにも負けてしまいましたし」

どうやら連敗した自分がどうして弟子になることができるのか、という感じなのだろう。

僕としてもベルさんがシェリーの実力をしっかりと見ておきたいという意思は理解していた。

以前、リアーヌ王女がベルさんは正式な弟子を探している、と言ったことを思い出した。

そしてシェリーの才能、それに努力できる精神を見て決めたのだろう。

弟子にするならば、シェリーがいいと。

僕もそれが良いと思っている。

シェリーは刀との親和性が高いし、戦い方もベルさんのようになっていけば将来は本当にSランク対魔師になれると思っている。

「……シェリーちゃんには才能がある。私よりもずっと大きな才能が」

「わ、私が……ですか？」

「……うん。それに、あなたは心もちゃんと強い。それが何よりも大切。前会った時は、少しだけ迷ったけど……今回見て決めたよ。どう、弟子になってくれないかな？」

「それは……その……」

いきなり言われてしまって、驚いてしまっているようだ。

ここは僕からも口添え(くちぞ)えをすることにする。

「シェリー。正直言って、ここまで成長しているとは思ってもみなかった」

「……ユリア」

「僕が結界都市に戻ってきて、最初に戦ったのを覚えてる？」

「うん」

「あの時は何十回しても、シェリーが僕に勝てることはなかった。でも今は違う。あの時よりもはるかに成長しているのは僕が保証するよ。まるで別人の域だ」

「本当に？」

「嘘（うそ）はつかないよ」

心配そうに見上げてくるが、それは嘘などではない。

シェリーは少しだけ考えているようだった。

「……シェリーちゃん。別に急がなくても良いよ。これは私が勝手に言っていることだから」

ベルさんとしては、シェリーを弟子にしたいと思っているのですぐに了承（りょうしょう）して欲しいのが本音だろう。

それと同時に、ベルさんはとても優（やさ）しい人だ。

ちゃんと人の心を思いやることができるので、無理に弟子になることを促（うなが）したりはしない。

「いえ。先生……私はその、自分にそんな資格があるのかな……と思ってまして」

「……シェリーちゃん。もう一度言うけど、あなたには才能があるし、努力もできる。精神も強い。だから私の剣技を引（ひ）き継（つ）ぐだけの資格はあると思う。それは絶対だよ」

「……」

シェリーは顔をバッと上げると、ベルさんの瞳をじっと見つめる。

「先生」

「……うん」

「私、先生についていきます。これからもっと、たくさんのことを教えてください！」

頭を下げる。

どうやらシェリーの覚悟は決まったようだった。

ベルさんは優しくシェリーの頭に触れる。

「……シェリーちゃん。これからきっと、指導はもっと厳しくなると思う」

「はい」

「でも絶対に覚えていて欲しいのは、シェリーちゃんにはこの剣技を引き継ぐ資格があるということ」

「はい」

「……ついてきてくれる？」

「はい。先生についていきます」

握手を交わす。

僕はその様子をただじっと見つめているだけだった。

二人の瞳には確かな覚悟が宿っているような気がした。

シェリー。君ならきっとできる。ついていける。

この時の僕はまだ知らなかった。

シェリーが将来、ベルさんを超えるような偉大な対魔師になるということを。

◇

互いに刀を持ち、間合いを測る。ジリジリと詰め寄っていき、先に動いたのはシェリーだった。

「ハアアアッ!!」

大地を駆け、その勢いのまま一閃。

だが、ベルはそれをあっさりと受け流すとそのまま彼女の刀を弾き飛ばすようにして自身の刀を振るう。

「……やるね」

ボソリとそう呟くベル。

彼女は基本的には内向的な性格で口下手だ。

しかしこと戦闘においては、内向的な性格はともかくその口調は至って普通のものになる。

そして彼女が口にしたのは、驚きというよりも感嘆からであった。

それは、シェリーがベルの攻撃をいとも簡単に受け流したからだ。

シェリーが刀を持ってから、まだ日は浅い。

だというのに、彼女は鍛錬を重ねれば重ねるほど強くなっていく。

まるで何も吸収していないスポンジの如く、シェリーはベルの技量を全て吸収し、自身のものとしていた。

シェリーにおいては停滞というものが存在しなかった。

そして、その実力はすでにBランク対魔師の中でも上位に位置する。いや、もしかすると彼女は……とベルは刹那の間に思索に耽るが、今はこの戦いに集中すべきだと再認識し、シェリーの連続攻撃を受け続ける。

「ぐ、うッ……」

そう声を漏らすのは、ベルの方だった。

圧されている。

本当に僅かな隙だというのに、シェリーはそれを逃すことはなかった。

彼女の瞳に映るのはすでにベルだけではない。

彼女には別の何かが見えている。ベルはそう考えざるを得なかった。一挙手一投足が全て把握されている。こちらのカウンターも全て潰される。シェリーの剣撃は既にベルの領域にも届こうとしていた。

(恐ろしい才能……でも……まだ、若いね)

ベルはシェリーの驚異的な才能を認めつつも、自分が負けるというイメージは持っていなかった。そしてベルは一気に後方にバックステップをして、距離を取る。もちろん、それを逃すシェリーではない。すぐに追走すると、そのまま袈裟を裂くようにして斜めに刀を振るう。

だがその一撃は、ベルに届くことはなかった。

「——第八秘剣、紫電一閃」

ベルは後方に下がると同時に、納刀していた。そしてシェリーがしっかりと詰めてきているのを知覚すると、彼女の刀目掛けて秘剣を発動した。

「な……!?」

シェリーは驚きの声を上げる。

今の瞬間、勝ったと思った。

勝利への道筋も見えていた。

圧していたのは自分だ。

苦し紛れにベルが後方に逃げたのだと思っていたが……その実、ベルのそれは誘いであったことを悟る。

ベルは秘剣を発動するために、逃げるようにしてシェリーを誘ったのだ。

シェリーはそれを知った時にはもう遅いと分かった。

彼女の刀は根元から綺麗に切断されたからだ。

ベルの持つ十の秘剣の一つ、紫電一閃。

超高速の抜刀術であるそれは、たとえ後手に回ろうとも先手を取り得る高速の剣技だ。

魔法によって限りなく空気抵抗を減らす。どれほど速い抜刀術であっても、空気抵抗を受けてしまうのは自明。ベルの秘剣は、剣の進行方向を真空にすることで超高速の抜刀を可能にしているのだ。

「はぁ……もう少しで先生に勝てそうだったのに……」

「ふふ。まだシェリーちゃんに……負けるわけにはいかないよ……」

ベルは自分の持つ刀を納めると、シェリーの方へと近づいていく。ちなみに、シェリーはベルのことを先生と呼んでいる。曰く、師匠だと大げさすぎるので先生でいいとベルが申し出たらしい。

「その……とても良かった……よ？　私もちょっと本気出しちゃった……」

「最後のあれ、秘剣ですか？　凄まじいですね」

「秘剣は全部で十あるけど、一つでも出すだなんて……思ってもみなかったよ？」

「私、成長しているんでしょうか？」

「うん。凄い……成長してるよ」

「でも先生にはまだまだ勝てる気がしません」

「ふふ。それは……十年早い……かな……」

シェリーは確かに強くなっていたが、まだベルの領域には届かない。

ではベルと何が違うのか。

それは剣技の有無だ。

ベルは秘剣というものを自身の絶対的な力として所有している。

一方のシェリーには剣技と呼ぶべきものが何もない。

ただ刀を振るっているだけだ。

これはそろそろ頃合いかもしれない。ベルはそう考えて、口を開いた。

「シェリーちゃんも、自分の剣技を持つべき時……かもね……」

「自分の剣技……ですか？」

「うん……私も……秘剣を使えるようになってから……凄く成長したから。これからちゃんと教えていくよ」

「ありがとうございます」

ベルはこの時、これから数ヶ月は時間がかかると思っていた。下手をすれば年単位。だというのに、数日後にはシェリーはベルから教えられた剣技をものにしつつあった。


「ど、どうですか？」

「はぁ……はぁ……はぁ……えっと……その、いいと思うよ……」

　あれから再び、ベルはシェリーの相手をしていた。

　彼女の剣技を受けてみたが……予想以上だった。

　これでまだ未完成だというのだから、恐ろしい。

　いや……本当にシェリーはいったい何者なのだ……ベルはそう思っていた。

　これほどの成長度合い。それも、昔から才能があったわけでもなくここ最近になっての急激な開花。

　眠っていた才能が目覚めたといえば、そうなのだろうが……ベルは何か別の予感が頭を過ぎっていた。

「凄いね……シェリーちゃんは、やっぱり凄いよ」

　にこりと微笑み、ベルはシェリーの頭を撫でた。色々と思うところはあるが、弟子の成長を喜ぶのは当たり前だ。それに口下手で人付き合いの苦手なベルにここまで、付き合ってくれたのだ。伝えたいことが言えないこともあった。それでもシェリーは一所懸命ベルと向き合ってくれた。

　それを無下にするほど、ベルは無感情なわけではなかった。

◇

　シェリーが正式にベルさんの弟子になったということで、僕はベルさんに見てもらうことをやめることにした。

「……ユリア君。別に私は、構わないけど」

「いいえ。僕がいても邪魔になるだけなので。それに、ベルさんもシェリーに集中したいですよね？」

「……それは、そうだけど。でもだからって」

「いいえ。大丈夫です。他のSランク対魔師にも相談してみますので」

「……分かったよ。ユリア君。君の今の実力なら、将来的には序列一位だって目指せるかもしれない。月並みな言葉になるけど、頑張ってね」

「はい！」

　そのようなやりとりをして、僕は一旦ベルさんから教えてもらうことをやめた。

　一方のシェリーはSランク対魔師のように移動をするわけでもないので、ベルさんが定期的に第七結界都市にやってきて、その時に稽古をつけるという話になった。

「え。それって本当なの？」

「うん。きっと今頃、シェリーはベルさんと訓練に励んでいると思うよ」

学院での昼の休憩時間。

今日はシェリーがいないということなので、どうしてなのかとソフィアが尋ねてきたのだ。

「えぇ……お昼休みも訓練してるってこと？」

「そうみたいだね。特に最近のシェリーはかなり頑張ってるよ」

ベルさんの弟子に正式に決まり、シェリーはさらに気合が入ったようだった。

いつも朝は軽く鍛錬をして汗を流し、昼休みなどの長い休憩時間はベルさんのもとへ颯爽と向かうと短い時間の中でも色々と教えてもらっているらしい。

「でもまさか、シェリーが序列二位の弟子になるなんて……」

「意外だった？」

「うーん。でも、シェリーって元々強かったじゃない？　意外といえば意外だけど、しっくりくるところもあるんだよねぇ」

「そっか」

「ユリアはどうなの？　一緒にその序列二位の人に弟子入りしなかったの？」

そう質問されるが、僕が弟子入りすることはないだろう。

なぜならば、僕とベルさんでは根本的に戦い方が違うからだ。

「うん。僕とベルさんじゃ、全然違うしね」

「同じ刀剣を使うとしても？」

「そうだなぁ……僕がパワー重視とすると、ベルさんはテクニック重視って感じかな？」

「ということはシェリーも同じ感じになるの？」

「そうだと思うよ。そもそも、シェリーには技量に特化した戦闘の方がいいってベルさんも思ったみたいだし」

「へぇ……何だか、私だけ置いていかれているみたい」

ボソリと呟く。

ソフィアはいつも快活な笑顔を浮かべており、クラスのムードメーカーだ。

僕とも仲が良く、とても話しやすい。

そんな彼女が愚痴を零すのは、少しだけ珍しいと思った。

「そう……なのかな？」

「うん。だってユリアは気がつけばSランク対魔師でしょ？　それにシェリーは序列二位の人に弟子入り。その中で私だけ、まだまだ普通のBランク対魔師だし」

「僕らの学年でBランク対魔師でも十分に優秀だと思うけど」

「……そう言われたら、そうなんだけど。きっと比較対象が大きすぎるんだよねぇ」

　僕としてもどう励ましていいのか分からなかった。

　するとソフィアはすぐに笑いを浮かべるのだった。

「ユリアってば、そんなに深刻な顔しないでよ！　ちょっとした愚痴だからさ。別にユリアが思い詰めたような表情をする必要ないって」

「そう……かな」

「うんうん」

「あ」

　ここで僕は、妙案を思いついた。

「ん？　どうかしたの？」

「ソフィアのお父さんって、ギルさんだよね？」

「……そうだけど。もしかしてパパに教えてもらえって？」

「どうかな？」

「いやー無理無理」

「どうして？」

露骨に嫌そうな顔をして、ぶんぶんと首を横に振る。

「自分で言うのもなんだけどさ……私のことかなり可愛がってるんだよね」

「そ、そうなんだ……」

あんまり予想できないけど、どうやらソフィアの顔からするにそれは真実らしい。

僕としては頼れる厳格な対魔師のイメージが強いけど……。

「前に戦い方教えてって、言ったけど……断られちゃってさ」

「なるほど。父親としては、きっと思うところがあるんだろうね」

「ユリアが見てくれる、ってことはない？」

「僕？」

「うん」

「ううん……」

シェリーにも同じような話を言われたけど、僕は誰かにものを教えるのが苦手だ。

自分で戦う分には、ほぼ無意識下で体を動かしているのでそれを言葉にするのが難しい。

「ダメ？」

「ダメと言うより、僕って教えるのに向いてないんだ」

「あんなに強いのに？」

「強さと教えることができるのは、また別物だと思う」

「そっかぁ……ユリアもダメなら、どうしようかなぁ」

ソフィアは軽い感じで愚痴を漏らしているようだけど、それは本心でもあるのだろう。

僕やシェリーが進んでいくからこそ、自分も前に進みたいと思っている。

だから僕としてもできるだけ力になれたらいいんだけど。

「あ！　そうだ！」

パチンと指を鳴らす。

何か思い付いたのだろうか。

「ユリアがパパを説得してよ？」

「へ……？」

「ちょうど今日から一週間。第七結界都市にいるらしいからさ！」

「えっと……僕がギルさんを説得するの？」

「うんうん！　きっとユリアならできるよ！」

「……」

悩む。

いや、答えなんて決まっている。

僕の言葉がギルさんに届くことはないと思っている。

それはやはり、彼がソフィアのことを大切に思っているからだろう。

対魔師になるということは誇りとされている。

親も子どもが対魔師になることを嬉しく思う人たちがいる一方で、それを望まない人もいるのは事実だ。

対魔師になるということは、黄昏で戦う必要が出てくるということだ。

中でも高位の対魔師になればなるほど、死ぬ確率だって高くなる。

それでも対魔師になることを志す人間がいるのは、この黄昏から解放されたいと願っている人がたくさんいるからだ。

きっとギルさんはソフィアが対魔師として生きていくことに、色々と思うところがあるのかもしれない。

「ね、ユリア。今度お礼するからさ。一度だけ話してみてくれない？　お願い……！」

パンと手を合わせて頭を下げてくる。

いつものような軽い調子ではなく、真剣なお願いだった。

友人の頼みを断ることなどできるわけもなく、僕はそれを引き受けるのだった。

◇

二人で向かっているのはソフィアの自宅だった。

今日はちょうどお母さんの方は夜勤でいないとか。

その代わりに、ギルさんがいるということで僕はかなり緊張していた。

うん。

まずは何から話そうか……。

と、一人で色々と思案していると気がつけばソフィアの自宅にたどり着いていた。

「ここだよ」

「うん……え、もう着いた？」

「うん。じゃあ行こっか」

「……了解」

ソフィアがドアを開けた瞬間、満面の笑みを浮かべているギルさんがそこに立っていた。

「お帰りソフィア！　いやぁ……今回はちょっとばかり長くてなぁ。やっと帰って来られた。今回は一週間は滞在できるから、よろしくな！　って……は？」

「えっと……そのどうも、お久しぶりです」

「ユリアじゃねぇか。元気にしているのか？　あの時の件は、本当に助かったぜ」

バンバンと背中を軽く叩かれる。

いや、本人は軽くのつもりなんだろうけど、僕としてはかなり痛い。

ギルさんはかなり体が大きいので、力も人一倍あるのだろう。

「いえ。当然のことをしたまでです」

「お、流石はSランク対魔師だな。よく言った。俺はユリアのことは気に入ってるからよ。これからも何かあったら遠慮なく言えよ？」

「はい」

世間話をしていると、ソフィアがその会話に入ってくるのだった。

「ね、パパ」

「どうしたソフィア」

「その話があるの……？」

うん？

どうしてだろうか？

ソフィアは少しだけ頬を染めて、僕のことをチラチラと見つめている。

それではまるで……。

と、思った時にはもうすでに遅かった。

「おいおい。ちょっと待て。そうだ。思えば、どうしてユリアがうちの娘と一緒にいるんだ？　いや、同じクラスで仲良くしているのは聞いている。けど、うちに来る必要は……ない……だろ？」

徐々にギルさんの顔が青く染まっていく。

ソフィアはどうしてか、僕の服の袖をくいっと引っ張ると、上目遣いで見つめてくる。

「ね。ユリアが言ってよ」

「え……ちょっと待って。これって何か勘違いされてない？」

「待て待て待て！　慌てるな……！　慌てるような時間じゃない！」

ギルさんは混乱しているのか、その場で地団駄を踏みながら自己暗示のように同じ言葉を繰り返し続けていた。

「パパ。聞いて欲しい話があるの」

「う、うわああああああ！　やめてくれえええええ！　俺にはまだ、娘に彼氏ができるという重荷を背負うことはできないんだあああああああ！」

ギルさんは叫びながら、室内へと走って行ってしまった。

なんだか、とても意外な姿を見たような気がする……。

けど思えば、誰だって仕事の時の顔とプライベートの時の顔は使い分けているものだろう。

ギルさんはとても頼りがいがあって、兄貴分のような人だと有名である。

その一方で、家族思いの優しい人の側面もあるようだ。

ソフィアのことは、いささか大事に思いすぎているみたいだけど。

「ふふ。あははは！　見た⁉　パパってば、凄い慌ててたよ！」

「……ソフィア。ギルさんがかわいそうだよ。心を弄ぶようなことをしてさ」

「いいっていいって。いつかこういう時がくるかもしれないんだから」

ソフィアはお腹を押さえながら笑っていた。

僕としては全く笑えないので、苦笑いを浮かべるしかなかった。

「それとも、ユリアが本当に私の彼氏になってくれるの？」

「え……？」

潤んだ瞳で見つめてくるが、それはすぐにニヤッとした顔に変わった。

「あはは。ユリアってば、本気にした？」

「……僕、もう帰ってもいい？」

「ごめん！　ごめんってば！　ささ、入って入って」

「……お邪魔します」

促されるまま、僕はソフィアの自宅へと入っていくのだった。


「じょ、冗談（じょうだん）？」

「うん。ねぇ、ユリア」

「はい。交際している事実はありません。友人関係です」

「まだ、ね」

「ソフィア。ギルさんが顔を真っ青にしてるから、やめてあげてよ」

「あははは！　もう、パパってば焦（あせ）りすぎ」

どうやらギルさんは完全にソフィアの掌（てのひら）の上で踊（おど）らされているようだった。

黄昏で戦っている姿はあんなにも勇ましいのに、今は見る影（かげ）もない。

「な、なんだよぉ……ビビったぜ……ユリアをどうやってボコボコにするのか、考えていた最中だったからよぉ……ユリアはかなり強いからな。俺も本気でやるにはどうするか、悩んでいたが杞憂で良かったぜ！　な！」

バンバンと思い切り背中を叩かれる。

でもそれは、先ほどとは違ってどこか威力が強いような……？

娘には手を出すなよ、と暗に示しているのだろうか。

いや、それは邪推だと信じたい……。

うん……。

「で、結局ユリアは何をしに来たんだ？」

ギルさんがそう尋ねてくるので、やっと本題に入ることができそうだった。

「えっと……」

僕から話した方がいいのかな、と思ってソフィアの方をチラッと見る。

すると、うんうんと肯いているので僕は話してみることにした。

「その。ソフィアに稽古をつけてあげないのはどうしてですか？」

「……なるほど。その話か」

ふぅと嘆息を漏らすと、ギルさんの雰囲気は真剣なものになる。

「それで、ユリアは賛成なのか？」

「賛成も何も、口を出す気はありませんよ。でも、ソフィアがどうしてもと言うので友人として助力できないかと思いまして」

「なるほどなぁ……」

ギルさんは顎鬚を撫でながら、何かを思案しているようだった。

「ソフィア。ちょっとユリアと出てくるから、待っててくれ」

「うん。分かった」

コクリと頷く。

ソフィアはそこで口を挟んだりはしなかった。

「ユリア。そういうことだ。ちょっといいか？」

「分かりました」

そうして僕ら二人は外に出ていく。

今は夜ということもあって、街灯に照らされながら進んでいく。

最近は晴れていることが多かったのだが、今日は曇りだった。

雲行きを見るに、いつ雨が降ってきてもおかしくはなさそうだ。

「それで、ソフィアに言われたのか？」

「その……実は」

僕はギルさんにことの成り行きを話すことにした。

最近シェリーがベルさんの弟子になったこと。

それに、僕がSランク対魔師として活動していることに対しても思うところがあるらしいと。

「そうか……そういえば、ベルのやつが弟子を取ったとか言ってたなぁ……まさか、ソフィアの友達とは」

「ベルさんとは仲がいいんですか？」

ベルさんがあまり他の対魔師と話しているのを見たことがないので、聞いてみることにした。

「ベルの師匠が元対魔師なのは知っているか？」

「元、ということは？」

「あぁ。任務で亡くなっている。魔人にやられた」

「魔人……ですか」

魔人。

それは魔族を束ねている存在とも言われているが、実際のところは謎だ。

見た目は人のようではあるが、分類としては魔物であり尻尾や鋭い耳などが特徴である。

Sランク対魔師はよっぽどのことがない限り、黄昏での戦闘で死ぬことはない。

だが、例外として魔人がある。

魔人の生態は謎であり、時折黄昏で遭遇することがあるらしい。

Ｓランク対魔師も無傷ではいかないという話だ。

魔物を従えていたり、魔法によって召喚する魔人も確認されている。それに何よりも、知性が高い。人間に匹敵するかそれ以上。狡猾に罠を仕掛けたり、魔物を組織として機能させているのではないか、という話もある。

明らかに黄昏によってただ強化された魔物とは一線を画している存在だ。

「ベルは師匠が死んでから、その穴を埋める形でＳランク対魔師になった。俺はその師匠と親しかったからな。もし、何かあればベルを頼むと言われていたんだ」

「そうですか……そんなことが」

Ｓランク対魔師の事情はよく知らないが、ベルさんにそんな背景があったのか。

「そんなベルが弟子を取るって聞いたから驚いてな。前から探しているみたいだったが、いまいちピンとくるやつがいないと言っていたが……ようやく見つかったみたいだな」

「はい。シェリーは才能もあって、努力もできる人ですから」

「そりゃあ、ソフィアも焦るよなぁ……」

ボソリと呟くギルさん。

そして彼は、思いがけないことを口にするのだった。

「ユリア」

「はい」

「実は俺は、ソフィアに戦闘を教えることはそこまで否定的じゃないんだ」

「え……」

意外だった。

ソフィアの話を聞く限り、てっきり反対していると思っていたからだ。

「そうなんですか？」

「あぁ」

「ソフィアはそう思っていないようでしたが」

「まぁ……そっちは建前だな。正直なところ、俺は迷っているんだ」

「迷っている、ですか？」

ギルさんはスッと目を細めると、どこか遠くを見つめながら話を続ける。

「ソフィアには兄がいたんだ」

「それは初耳です」

「あぁ。すでに亡くなっているからな」

「……すみません。そんな話をさせてしまって」

「いや、別にいいんだ。息子のことは俺はもう受け入れてるからな。で、その息子が才能ある対魔師だったんだ。俺から見ても、将来的にはSランク対魔師になるんじゃないかと思うほどに」

「……」

なんとなく、話が掴めてきたような気がする。

ギルさんは迷っていると言った。

そして、ソフィアのお兄さんが亡くなっているという。

その話を総合するに、ソフィアに同じ道を歩んで欲しくない、といったところだろうか。

「もう分かっているかもしれないが、ソフィアも同じ道を進むかもしれない……となると、手放しで喜べなくてな。ソフィアも、幸か不幸か対魔師としての才能がある。魔法の実力は結構なもんでな。俺が教えれば、きっとAランク対魔師には到達すると思う」

「でもAランク対魔師になると、黄昏での戦闘が多くなりますよね。それを心配している、ということですか？」

「あぁ。その通りだ。確かにAランク対魔師くらいのレベルになれば、死ぬことは低くなる、でも、絶対じゃない。死ぬ可能性は俺たちにだってあるんだからな」

そうだ。

Sランク対魔師だとしても、絶対に死なない存在ではないのだ。

自分の子どもを死地に追いやることを避けたいのは、親としては当然の話だ。

「親としては、あまり対魔師として活躍して欲しくはない。だが、自分の子どもとはいっても相手は一人の人間だ。基本的に俺は、子どもには自由に生きていて欲しいと思う」

「それは、素晴らしい考えだと思います」

「でもそうか……ソフィアは諦めたかと思っていたが、そうでもなかったか」

ギルさんの声音は少しだけ寂しそうだった。

もしかすると、ソフィアのお兄さんのことを思い出しているのかもしれない。

「ソフィアは他に何か言っていたか？」

「いえ……でも、いつもは軽口が多いんですが、今回はとても真剣でした」

「……なるほど。で、ユリアはどう思う？　素直に言ってくれていいぜ？　怒ったりはしないからよ」

僕がどう思う……か。

ギルさんは純粋に意見が聞きたいのだろう。

しかし、僕は子どももいなければ、すでに肉親は誰もいない。

冷静に考えれば、親としての選択の方が正しいかもしれない。

安全な結界都市の中にいれば、幸せに暮らすことができるのかもしれない。

でも、幸せとはなんだろうか？

すでに結界都市も完璧な場所ではないということは露呈してしまった。

結界都市の中で、ただ待ち続けるのか。

それとも、自らが行動して進むのか。

どちらの選択も正しさや、間違いなどはない。

あるのは自分がどちらを選択したいのか、ということだ。

「あくまで僕の意見になりますけど、戦うことも選択の一つだと思います」

「どうしてそう思う？」

「仮にずっと結界都市の中にいても、ソフィアは考えてしまうと思うんです。自分も戦うことができたらと。彼女が自分で選択したのならいいです。安全に生きたいという願いは間違ってませんから。でも、本人が戦いたいと願っているのなら、その意志は尊重してもいいかもしれない……とは思います」

「……いや、分かっていたんだ。俺だって、ソフィアを縛りつけたいわけじゃないからな」

「ギルさん……」

そうか。

分かっていて、あえて僕に問いかけたのか。

きっと僕なら同じ答えを言うに違いないと思って。

なんとなく察する。

ギルさんは誰かに背中を押してもらいたかったのかもしれない。

僕は今まで、Ｓランク対魔師は完璧であり人知を超えた存在だと思っていた。

戦闘面では確かにそれは正しい。

が、人には心というものがある。

たとえＳランク対魔師であっても、迷ってしまうことがあるのは当然なのだろう。

それが人間らしいということなのだから。

「答えはずっと、自分の中にあった。でも俺は怖かった。それは認める。ソフィアが同じような道を進むとなると、心配だったからだ」

「理解できます」

「でもな。娘が前に進もうというのなら、応援するのが親ってもんだろう。そこでだ、ユリア」

「はい」

「もし、ソフィアに何かあればよろしく頼む。前回の襲撃(しゅうげき)の時も、助けてくれたみたいだしな。本当に感謝する。そして厚かましいようだが、これからもいい友人でいてやってくれ」

大の大人が、それも序列三位の彼が僕に向かって頭を下げる。

それだけ真剣に考えているということなのだろう。

「分かりました」

「まぁ……そうだな。お前たちが本当に交際したいなら、俺は反対しないぞ？」

その瞬間(しゅんかん)。

僕は驚いた声を出そうとしたのだが、後ろにある茂(しげ)みがガサッと大きな音を立てた。

流石(さすが)に猫(ねこ)ではないだろうと思って見てみると、顔を赤く染めたソフィアが立ち上がった。

どうやら、僕たちの話を聞いていたみたいだ。

「もう！　パパってば、何言ってるの！」

「ははは！　お返しだ！　でも、嘘(うそ)じゃないぞ。ユリアは俺が認める、いい男の一人だからな。いつもは優(やさ)しい顔をしているが、やる時はやるやつだ」

「そんなこと……私だって知ってるし」

「お？　まんざらでもないってか？」

「うるさい！　もう！」

僕はそんな二人の様子を見て、自然と笑みが溢れていた。

あぁ。

本当に二人は親子なんだなぁ……と思う。

それと同時に、少しだけ寂しく思ってしまう。

僕にも家族がまだいれば、と。

それは考えても仕方のないことだし、割り切っているつもりだった。

でも、やっぱり簡単にはいかないようだった。

「それで、パパは私に戦い方を教えてくれるの？」

「あぁ。お前が望むのなら、いいだろう」

「お兄ちゃんのこと、気にしてたんでしょ。ずっと」

「はは。まぁ……流石に分かるか。でも、それでも前に進むんだろう？」

「うん。シェリーもユリアも前に進んでる。それに、お兄ちゃんだって人類のためにずっと戦ってた。私だって、同じように戦いたい」

「流石は俺の娘だな。よく言った」

頭を撫でる。

どうやら、僕の役目も終わりのようだ。

そもそも、この件はお互いに距離を詰めて真剣に話し合えばすぐに分かりあえることだったに違いない。

僕の存在は、ただのきっかけに過ぎない。

「ユリア。改めて、ありがとうね」

「いや、僕は何もしてないよ」

「ううん。ユリアにお願いしたから、ちゃんと話すことができたの。ありがとう」

微笑む。

その柔らかな笑みは、初めてみるものだった。

少しだけその魅力的な笑みに見惚れていると、バンッと思い切り背中を叩かれる。

「うわっ！」

「おいおい。見惚れてたのか？」

「い、いえ……別に？」

「あぁ？　うちの娘に魅力がないってか？」

「そんなことは……」

「ははは！　冗談だよ！　でも俺はユリアなら歓迎するぜ？」

それは嘘か本当なのか、いまいちよく分からなかった。

「もう、パパってばユリアに変なこと言わないでよね！」

そうしてソフィアは無事に、ギルさんに指導をしてもらうことになるのだった。

◇

今日は任務ということで黄昏に赴(おもむ)いていた。

黄昏危険区域レベル３。

以前、ここでワイトが出たということもあって最近は黄昏での調査が多くなっている。

けれど、異変はあれ以降特になく今日も普通に魔物を適当に間引くだけで任務は終わった。

「ユリア君。お疲(つか)れ様(さま)」

「サイラスさん。今日もありがとうございました」

「いやいや。ユリア君がとても強くて、こちらとしても助かるよ」

そう。

目の前にいるのは、序列第一位のサイラスさんだった。

今は固定パーティーを組んでおり、その中にサイラスさんがいた。

僕が序列最下位ということで、ある程度調整をしてくれているのだろう。

元々はベルさんも来る予定との話だったが、サイラスさんが代わってくれたらしい。

すでにベルさんが正式に弟子を取ったという話は共有されている。

そのような背景もあって、サイラスさんがこうしてやってきてくれている。

やはりサイラスさんを見て思うのは、その実力の底が知れないということ。

自由自在に操るワイヤー。

全ての距離に対応しており、そのワイヤーに触れるだけで魔物は細切れになっていく。

まるで意思を持っているかのように動くそれは、サイラスさんの象徴でもある。

「今日はどうだい。後で二人で食事でも行かないかい？　もちろん、僕の奢りだよ」

「いいんですか？」

「もちろん。最近は忙しくて、あまり話す時間が取れなかったけれど今日は大丈夫でね」

「それでしたら、お言葉に甘えさせていただきます」

せっかくのご厚意ということで、僕はサイラスさんと食事に行くことになった。

案内されたのは、少し豪華(ごうか)なお店だった。

すでに店員さんとは顔見知りのようで、奥(おく)の個室へと案内された。

「コースでいいかな？」

「お任せします」

「では、このコースを二つで」

「かしこまりました」

店員さんが出ていくと、先ほど運ばれてきた飲み物を手に取って、

「乾杯(かんぱい)でもしようか」

「はい」

グラスを軽くぶつけると、早速(さっそく)喉(のど)に流し込んでいく。

「新しいSランク対魔師にはこうして、食事を初めに奢ってあげることにしているんだ」

「それは初耳です」

「ユリア君の場合は、ちょっとタイミングが合わなくてね」

「それは……襲撃などもありましたしね。理解できます」

「そう言ってくれると助かるよ」

そして、次々と運ばれてくる料理に舌鼓(したつづみ)を打つ。

どれも非常に美味しくて、日頃の食事からは考えられないものだ。

「美味しいかい？」

「はい。少し驚きです。こんな料理が、結界都市内にあるなんて」

「実はこの料理は、Sランク対魔師や軍の上層部しか口にできないんだ」

「え……」

思わず声を漏らす。

それは、ある種の特別扱いなので、普通の人たちにバレてしまえば問題になってしまうのでは？　と思ったからだ。

「対魔師、特にSランク対魔師は命がけで戦っている。たとえ明日死んだとしてもおかしくはない。そういうことで、色々と便宜が図られているんだ」

「……なるほど」

「そのうち、ユリア君にも特別待遇のある施設の案内などをするよ」

「ありがとうございます」

確かに理解できる。

僕たちは自分の命を削って、戦っているのも同義。

特別な扱いを受けるのはある種当然なのかもしれない。

しかし、それに驕ってはいけないと僕は思う。

「最近の任務は調子が良さそうだね」

「はい。戦闘にもかなり慣れてきました」

「確かに、君の成長はめざましいものがあるね」

「そう思いますか？」

「あぁ。その若さで、その実力。黄昏を二年間も生き抜いたのは伊達ではないね」

「恐縮です」

真正面から褒められるので、少しだけ照れてしまう。

サイラスさんは人類史上最強の対魔師と言われている。

そんな人に褒められるのは、僕としても嬉しい気持ちは確かに存在していた。

「そういえば、ベルの話は聞いたかな？」

「はい。ちょうど立ち会っていたので」

「なるほど……確か、ユリア君の同級生だったと聞いているけど」

「シェリーはそうですね。同級生です」

「ベルはずっと正式な弟子を探していたから、良かったよ」

どうやらサイラスさんもまた、ベルさんのことはある程度知っているようだった。

「ベルの剣技は、代々一人にしか受け継がれない。彼女もそろそろ時期だと言って、探していたんだよ」

「代々一人、ですか？」

「あぁ。彼女の先代も、その前もずっと一人にだけ継承してきた剣技だよ」

その話は初めて聞くものだった。

だから正式な弟子、という言い回しをしていたのか。

「もう一ついいですか？」

「いいよ。なんでも言ってごらん」

先ほどの会話で気になるものがあったので、聞いてみることにした。

「そろそろ時期、とはどう言うことでしょうか？」

「ベルは自分の全盛期がそろそろ終わると思っている。彼女もすでに二十九歳。肉体のピークは間違いなくやってくる。どれだけ強くても、人間はそれに逆らうことができない。だからこそ、弟子に自分の剣技を引き継がせる必要があると言っていたよ」

「サイラスさんはベルさんと仲がいいんですね」

「うーん。どうだろう」

と、少しだけ顎に手を当てて思案する。

「確かに、割と話すかな。それにベルから相談されることもあるしね。と言ってもベルはギルとも仲がいいからね」

「Ｓランク対魔師も、交友関係があるんですね」

「そうだね。僕としては、みんな仲良くして欲しいけれどそこは人間だから合う合わないは存在するね」

サイラスさんの話をそれから続けて聞くと、彼はＳランク対魔師のみんなを取り仕切っているということもあって、積極的に交流を持とうとしているらしい。

あれだけ実力があるというのに、協調性もあって社交性もある。

彼が人類最強というのは知っていたが、そんな一面もあると知って僕は驚いた。

「あ。ベルに聞いたけど、誰か指導してくれる人を探しているみたいだけど」

「それは……そうですね。もっと強くなるためにも、必要なことだと思いまして」

僕が求めているのは、さらなる強さだ。

それは実戦で身につけることができるのかもしれないが、誰かに師事するのも悪くはないと思っている。

しかし、そうなってくると相手はＳランク対魔師に限られてくる。

ベルさんはシェリーを見ているし、誰かいい人はいないかと探している最中だ。

「それなら、僕が見ようか？」

「本当ですか？」

「あぁ。といっても、僕の場合はユリア君と戦闘スタイルが違うので、一概には言えないが……見て、アドバイスをするくらいはできると思うよ」

「あ、ありがとうございます！　是非、お願いします！」

まさか思ってもみないことが起きた。

サイラスさんに教えてもらうなんて、本当に光栄だった。

実際に人類最強の対魔師がどんな思考をして戦っているのか。

その一端でも見ることができるのなら、それ以上勉強になることはないだろう。

「早速、見ようか？」

「いいんですか？　もう夜ですけど」

「構わないよ。それに、僕もユリア君のことは前から気になっていたんだ」

そうして僕たちは食事の後に、演習場で立ち会うことになるのだった。

「じゃあ、好きに来ていいよ。ワイヤーは切れないように調整してあるから」

「はい！」

僕は木刀を使用する、と言ったが魔法（まほう）を使っても大丈夫とのことだった。

そこで遠慮することなく、黄昏刀剣（トワイライトブレード）を使用することにする。

そしてサイラスさんの合図とともに、僕は地面を駆（か）け抜けていく。

刹那（せつな）。

僕の体を覆（おお）うようにして、大量のワイヤーが襲（おそ）いかかってくる。

その間を縫（ぬ）うようにして一気にサイラスさんに迫（せま）っていく。

ワイヤーという武器の特性上、近距離（きんきょり）戦闘（せんとう）は得意としていないのは自明。

それはたとえ、サイラスさんであっても変わることはない。

しかし問題なのは、近距離に潜（もぐ）り込むことができない……という点だった。

以前、ベルさんにサイラスさんの強みを聞いたが、それは全てに対応できるオールラウンダーという話だった。

ベルさんであっても、サイラスさんの懐（ふところ）に潜り込むのは至難（しなん）の技（わざ）だとか。

近距離戦闘最強と謳（うた）われているベルさんがそう言うほどなのだ。

僕が簡単に、近距離に潜り込めると思わない方がいいだろう。

「……」

集中する。

まるでワイヤーは生きているかのように襲いかかってくる。

それを適宜切りながら進んでいくが、すぐにワイヤーは再生する。

詳しい仕組みは理解していないが、魔法によってワイヤーが操作されているのは間違いない。

だが、その魔法を無効化する手段がない以上、真正面から突破するしかない。

僕は両手に黄昏刀剣を展開すると、さらに手数を増やして迫っていく。

それに対応するようにして、サイラスさんはさらにワイヤーの数を増やしてくる。

これは力と力のぶつかり合いだった。

彼も僕と同じく、パワーで攻めるタイプというのが分かった。

今まではただ横で見ているだけだったので、いまいちピンときていなかったが、こうして立ち会うとよく分かる。

「……使うか」

僕はこのままではジリ貧と判断して、黄昏眼を展開。

これは黄昏の粒子を知覚できるものだが、魔力にも反応する能力だ。

そのため、相手のワイヤーの動きを魔力から遡って探知することができる。

詰まるところ、先ほどよりも反応速度が上がるということだ。

「はあああああ！」

駆け抜けていく。

今の速度ならば、僕の方がわずかに速い。

サイラスさんはそんな僕の姿を見て、少しだけ驚いているようだった。

「ほぉ……これについてこられるのか。やるね」

と言いつつも、さらにワイヤーの数は増えていく。

どうやらまだ全開ではないようだ。

といっても僕もまだ、スピードを上げていくことはできる。

サイラスさんの展開するワイヤーの防御は絶対領域とも呼ばれている。

それに挑むのだから、本気を出さなければ、どうにかすることなどできないだろう。

「……」

意識をさらに沈めていく。

徐々に世界から不必要な色が削ぎ落とされ、音も徐々にワイヤーのものしか聞こえなくなる。

特有の感覚。

この感覚に陥る時は調子がいい時だ
すぐに入ることはできないけれど、逆に入れた時はかなりの反応速度になる。
すでに、意識して反応はしていない。
どうやって攻略するのか、という思考もない。
ただ反射的に行動するだけ。
縦横無尽に展開されるワイヤーの海の中を、潜っているような状態だ。
切り裂き、先に進み、切り裂く。
その行動を幾度となく繰り返すだけ。
何も特別なことなど必要ない。
サイラスさんが繰り出すワイヤーの速さを上回ればいいだけの話だ。
そして、没頭するあまり僕は気がついていなかった。
彼にかなり近づいていることに。
「……ここまでにしようか」
と、その声が聞こえて僕はハッと意識を取り戻す。
あ、危なかった……本当に相手を殺すつもりで戦闘に没頭してしまうところだった。
サイラスさんもそれを分かって、僕に声をかけたのだろう。

「す、すみません。ちょっと没頭しすぎてしまって」

「いやいいよ。それにこちらも非常に勉強になったよ。正直なところ、こんなに迫られたのはベル以来かな？」

サイラスさんは真剣な声音でそう言った。

「それは、本当にそうなら嬉しいですが」

少しだけ息を整えながら、僕はサイラスさんにそう言った。

「いや本当だよ。そもそも、その若さでそれだけ戦えるのはかなりの逸材だ。僕もベルも、ユリア君の歳の頃はそこまでの領域には届いていなかった」

「いえ。そんな」

「謙遜しなくてもいい。君はちゃんと強い。ただ、一つアドバイスをするなら……魔法の切り替えに少し時間がかかっているかな。といってもそれは、Sランク対魔師基準でいうならばの話だけど」

「実はベルさんにも同じようなことを言われました」

「そうか。ならば、そこをどうにか改善できれば、君はもっと強くなれる。おそらくはベルに匹敵するか、それ以上になれる。近接戦闘は君の右に出る者はいなくなる」

「はい。しっかりと、これからも精進しようと思います」

「それでは僕はこれで失礼するよ」

「ありがとうございました」

頭を下げる。

どうやら、僕の課題は明確になった。

おそらくは身体強化と黄昏刀剣を同時に魔法で展開しているので、そこにラグのようなものが発生しているのだろう。

身体強化は内側に働きかける魔法で、黄昏刀剣は外側に働きかける魔法。いわば、性質とすれば真逆だ。その違いが、ラグを発生させてしまっているということだ。もっとも、サイラスさんやベルさんのレベルになればラグなどないようだが。

今まであまり気にしたことはなかったけれど、サイラスさんとベルさんが同じ指摘をするのだから、気になってしまう。

そして、僕は自分の部屋へと戻っていく。

「……ふぅ」

無事に到着すると、シャワーを浴びて先ほどの戦闘のことを考える。

あまりにも没頭しすぎたので、記憶がしっかりと残っているわけではないが、サイラスさんの強さというものをしっかりと学ぶことができた。

彼は精巧な魔法操作もできる上に、圧倒的な物量で押し切ることもできる。

ワイヤーという武器の性質上、近距離戦闘は苦手としているが、そもそも敵を近付けなければいい話……というのは理論上のものだろう。

机上の空論と言っても過言ではない。

だが、サイラスさんはそれを実行していた。

迫れば迫るほど、ワイヤーは複雑に絡まっていき進むことができない。

仮の話だが、あのワイヤーに魔力が宿っていて切れ味があると考えれば……僕の立ち回りも大きく変わっていただろう。

一見すれば、サイラスさんにかなり迫ることができたが、それはハンデがあった上での話だ。

それを考えての、あの強さ。

伊達に人類最強と謳われているわけではない。

「それにしても、僕は本当に強くなっているのかな……」

ボソリと呟く。

色々な人に強いと言われるが、僕はこれでもまだ足りないと思っている。

それは不可侵領域で出会ってきた魔物との経験から言えることだった。

仮に今、あの時の魔物と戦えと言われた時、確実に勝てるのか……と問われればそれはまだ怪しい。

エリーさんとの話でもあったが、人類は先に進まないといけない。

いつか不可侵領域に進まないといけない時もやってくるだろう。

その時を見据えて、僕は今こうして考えていた。

サイラスさんやベルさん。

それに他のSランク対魔師達がいれば、決してあり得ない話ではない。

噂に過ぎないが、今のSランク対魔師の実力は歴代最強とも言われている。

だからこそ、進んでいくべきではないかと思っているが……。

「やっぱり、一筋縄じゃいかないよなぁ……」

ボソリと声を漏らす。

そう。

この結界都市には派閥が存在する。

保守派。

革新派。

今は革新派も増えているようだが、人間の性質として冒険を恐れ、現状維持したいという気持ちも理解できない話ではない。

僕の気持ちがどれだけ先行しても、どうしようもないことは世の中にはある。

ここ最近でそういうことも理解できるようになっていた。

「さて、と。そろそろ寝(ね)ようかな……」

僕はそのまま、睡魔(すいま)に身を任せるのだった。

◇

翌朝。

新しい任務が入ることになったのだが、それはベルさんとシェリーと一緒(いっしょ)というものだった。

ベルさんと一緒になるのは、特に意外でもなんでもない。

僕はまだSランク対魔師としての地位は低いので、上位の人と組むのは当然と言えるからだ。

驚いたのはシェリーがいることだった。

上層部の判断なので、一概には言えないが……おそらくはベルさんが同行することを許可したのだろう。

そう考えなければ、辻褄が合わない。

また今回の任務はそれなりに重要なものになっている。調査という名目だが、黄昏がかなり濃くなっている地域があるらしい。そこではかなり凶悪な魔物が出るということで、それを調査しつつ、適宜魔物を狩るという任務になっている。

情報によると、Bランク対魔師のパーティーが壊滅に追いやられたらしい。だからこそ、Aランク以上の対魔師での作戦となっている。

そして準備をして集合場所に向かうと、そこにはすでにベルさんとシェリーが立っていた。

「ユリア」

「シェリー。今回はシェリーも参加するんだね」

「ええ。先生の許可が下りたから。でも、ユリアと一緒になるとは思ってなかったわ」

今回のパーティーの構成としては、僕とベルさんの二人。

残りはシェリーとAランク対魔師二人で黄昏危険区域で魔物を狩ることになっている。

これだけのメンバーならば、安全だろうがシェリーの参加は本当に意外だった。

たとえ才能があって、実力があると言ってもまだ僕と同じ任務に参加できるほどとは思ってなかったからだ。

それだけベルさんに評価されているということだろうか？

そんな僕の心を見抜いているのか、ベルさんがそのことについて言及してくるのだった。

「……シェリーちゃんは凄く強くなってるよ。たぶん、ユリア君の想像以上かも」

「そうなんですか？」

「うん。ユリア君の知っている、シェリーちゃんとは別人と考えた方がいいかも」

「それほどとは……」

ベルさんがそんなに褒めるとは、本当にシェリーは凄い才能と努力できる精神力を兼ね備えていたのだろう。

彼女は真正面から褒められて、少しだけ照れていた。

「先生……そんな褒めないでください」

「……でも、事実だから」

「それは嬉しいですけど」

そして、ベルさんが残りの二人の対魔師と話している時、シェリーがこそっと耳打ちをしてきた。

「ユリア。さっきの話だけど……」

「うん。何かあったの？」

「実は先生って、めちゃくちゃ厳しい人だったのよ」

「え……それは意外だね」

「理不尽じゃないんだけど、剣技を教えるのはそれだけ大変だからって」

「そうなんだ……話には聞いたけど、代々一人にしか引き継がれないんでしょ？」

「うん。そうみたい」

どうやら、すでにシェリーもその話は聞いているようだった。

「そうなると、私も将来誰かに剣技を引き継ぐ可能性があるのよねぇ」

「そうだね。いつかシェリーも弟子を取るのかも」

「うん……何だか、不思議な感じね。でもね。これはきっと、ユリアと出会ったことで始まったと思うの」

「僕？」

「うん。ユリアと出会って、私はもっと変わろうと思えたの。だからその……改めてありがとうね」

「そんな僕は……」

僕はそんな大それたことはしていないと思う。

けど、シェリーがそう言ってくるのなら、素直に受け取るまでだ。

「いや、シェリーの為になれたのなら良かったよ」

「これからもユリアに追いつけるように頑張るわね」

「じゃあ僕はもっと頑張るよ」

「むぅ……じゃあ私はもっともっと頑張るわ！」

胸を張って、シェリーはそう言った。

そんな様子がどこか可愛らしくて、僕は少し笑ってしまう。

「ふ、ふふふ。まるで子どもみたいだね」

「だ、だって……！」

顔を赤くして抗議しているが、全く説得力がなかった。

そんなやりとりをしていると、ベルさんが声をかけてきた。

「……二人とも、行くよ」

「はい」

「分かりました先生」

僕たちは隊列を組んで、黄昏危険区域へと進んでいくのだった。


今日は気温が高く、黄昏の光がギラギラと僕らを照らしつける。

現在は黄昏危険区域レベル2まで進んできており、魔物も適宜片付けている。

前線は僕とベルさん。

その後ろはシェリーを含めて、三人に任せている。

ベルさんが黄昏で戦っている姿は初めて見るが、それはもう……凄まじいものだったと僕は思った。

サイラスさんとはまた違う、強さである。

彼女が刀を振るうたびに、魔物たちは一刀両断されていく。

その刀の切れ味もあるのだろうが、ベルさんの身のこなしに無駄などありはしないようだった。

完璧に相手の動きを捉えると、それに合わせるようにして一閃。

彼女はよく呼吸という言葉を使うが、相手の呼吸に合わせるのが本当に上手い。

「ベルさん。流石ですね」

「……ユリア君も強いね」

「いえ。ベルさんが先に行ってくれるので、助かります」

「……私は前線に出るのが仕事だから」

「はい。とても頼りになります」

そう言うと、ベルさんはニコリと優しい笑みを浮かべた。

「ありがとう。ユリア君は素直でいい子だね」

「恐縮です」

と、互いに褒め合いつつも歩みを進めていく。

そしてついに黄昏危険区域レベル３に入った。

黄昏の濃度はさらに濃くなっていき、この領域特有の世界になっていった。

「シェリー。大丈夫？」

「うん。今のところは」

シェリーはレベル３まで来るのは初めてということだったが、どうやら大丈夫そうだった。

これればかりは慣れの部分や、適応力などによるので一概には言えないが。

五人で周りを確認しながら、歩みを進めていく。

前回、メンバーは異なるがワイトと出会ったこともあるので、全員ともに気を張りながら進んでいく。

僕も周りをしっかりと警戒して進んでいるが、今のところ何も問題はないようだった。

「……とりあえず、休憩しようか」

ベルさんがそう言うので、僕らは休憩を取ることになった。

そこで僕はベルさんに前回のことについて尋ねられるのだった。

「ユリア君。前はワイトと戦ったんだよね？」

「はい」

「その時は何か異変とかあった？」

「そうですね……あの時は急に魔物がいなくなったんですが、今回はまだまばらにいるので状況は違いますね」

「……そうみたいだね。でも、油断はできないよ」

「はい。分かっています」

どうやらベルさんは前回のように、さらに強い魔物が出る可能性を考えているようだった。

このパーティーのリーダーはベルさんだ。

僕たちの命を預かっているので、慎重になっているのだろう。

「シェリーは体調はどう？」

「レベル3でも、割と普通ね」

「もしかして、シェリーは耐性が高いのかもね」

「ええ」

「前からそうだったの？」

「どうかしら……？　あんまり意識したことはなかったけれど……」

どうやらシェリーは黄昏に対する適性が高いようだった。

黄昏の適性は生まれつきの要素などにも大きく左右されるので、特に支障が出ることはなさそうで良かった。

僕らがそうして各々、休憩時間を過ごしているとAランク対魔師の一人が水辺に行きたいと言い始めた。

それはすでに飲み水がなくなったので、煮沸消毒をする形で水を飲みたいという申し出だった。

黄昏に汚染されているとはいえ、水自体は煮沸してしまえば飲めないことはない。できれば避けた方がいいのだが、割と一般的に行われているのだ。

ベルさんはそれを承諾すると、僕らは一緒に川の方へと向かう。

ここの地形はある程度は把握しているので、大丈夫だろうと思って僕らは進んでいく。

「ユリアって、黄昏の土地勘とかあるの？」

隣を歩いているシェリーが、そんなことを尋ねてきた。

「ある程度は把握してるかな。それに、最近は黄昏危険区域に出ることも多くなったし」

「そっか……私も慣れていかないとね」

「うん。シェリーもすぐに慣れるよ」

この時僕たちは、このまま無事に任務が終わると思っていた。

今はレベル3に来ているが特に問題もないということで、水を確保したら引き返そうかという話になっていたのだ。

しかし、僕たちはそこであり得ないものを目撃するのだった。


「は……？」

「え……？」

「あれは……？」

「嘘、こんなところで……？」

ここは浅い川が流れており、周囲には魔物がいることがある。

僕たちはそこで、魔物を発見したのだが……それはなんと、頭が八本もある魔物だった。

知っている。

僕はこの魔物に以前遭遇したことがある。

それは、報告書にまとめて提出してあるので、共有されている情報だ。

しかし、この魔物はもっと奥深くの地域に生息しているはずだ。

その名前は、ヒュドラ。

それぞれの頭が独立しているのか、交互に睡眠を取っているのを僕は見たことがある。

当時は遭遇してからすぐに戦ったのだが……かなり厳しい戦いになった。相手を傷つけることができたが、完全に討伐することはできなかった。また、生息地としては不可侵領域に出現する。人類が進むことのできる、黄昏危険区域での遭遇は確認されていない。

それが僕の知っているヒュドラだ。

でも、どうしてこんなところにヒュドラがいるんだ……？

「う、うわあああああ！　な、なんだあの化け物は⁉」

喉が渇いていたのだろう。

彼は一番先に川辺へと向かっていた。

そんな時にばったりとヒュドラと遭遇してしまった。

逃げることのできる距離ではなく、ベルさんの鋭い声が上がる。

「……全員、戦闘態勢！」

『了解！』

と、声を揃えている間にもベルさんは仲間の一人を助けるべく、果敢にヒュドラの方へと駆け抜けていく。

そして、一人前線に残されている彼は逃げることが間に合わないことを理解したのか、腰に差しているブロードソードを引き抜いた。

先ほどはヒュドラが突然現れたことに驚いていたが、今はすぐに意識を切り替えたようでスッと剣をヒュドラに向ける。

今まで何度か一緒に任務をこなしてきているので、彼の実力は知っている。

たとえ、ヒュドラであっても逃げるだけの時間を自分で稼ぐことはできるだろう。

しかし、現実はそうではなかった。

「あ……は？」

唖然とした声を漏らす。

僕たちもまた、あまりにも機敏な動きに驚いてしまう。

ヒュドラはそれぞれの首をもの凄い勢いで動かすと、絡め取るようにして彼を確保した。

「う、うわああああああああああああッ！」

一呑み。

時間にして五秒もなかっただろう。

彼は、八本ある内の一つの頭に捕まり、丸呑みにされてしまった。

すでに死亡は確定している。

ぐちゃぐちゃと肉を咀嚼している音が聞こえ、僕らはその様子を窺うことしかできなかった。

「……ひっ」

声を漏らしたのはシェリーだった。

彼女はあの襲撃を経験し、人が死ぬところを見ているとはいえこれはあまりにも凄惨な光景だった。

生きたまま食べられてしまう。

そんな光景を見て怯(ひる)まない方が珍(めずら)しい。

ベルさんは一度、ヒュドラのもとに向かうのをやめると僕たちの方へと下がってくるのだった。

「……間に合わなかった」

「……予想以上に動きが機敏ですね。それに、かなり頭ごとに連携(れんけい)が取れているようです」

僕は冷静に、現状の分析(ぶんせき)をする。

ヒュドラと戦った経験から、相手の情報はそれなりに知っている。

まずはそれぞれの頭が火を吹(ふ)いてくる。加えて、火で牽制(けんせい)しつつ他の頭は相手を丸呑みにしようと急接近してくる。

連携が上手く、少しでも動きを間違(まちが)えてしまえばあの巨大(きょだい)な口に丸呑みにされてしまう。

八本ある頭を全(すべ)て落とせば、おそらくは倒(たお)すことができるのだろうが……僕は放浪(ほうろう)時代に一人で戦った時は、一本も落とすことができなかった。

「以前、僕は黄昏(たそがれ)放浪時代に出会ったので、ある程度情報はあります。まず、ヒュドラは火を吐(は)いてきます。それも、それぞれの頭が別々に。火を吐き出して牽制しつつ、他の頭部は丸呑みにしようと、虎視淡々と狙ってしまいます。知性はかなり高いです。気をつけた方がいいでしょう。まずは、それぞれの首を落とすことが最優先かと。しかし、相手は再生能力もあります」

「……分かった。とりあえずは、前線は私とユリア君で行こう。シェリーちゃんたちは、後方でバックアップをお願い」

「わ、分かりました」

「了解いたしました」

シェリーともう一人のAランク対魔師は、顔が真っ青になっていたが戦う気力は残っているようだった。

シェリーはギュッと腰にある刀を握ると、思い切り自分の胸を叩いた。

これから先の戦いは、正直なところどうなるのか分からない。

死ぬ可能性だってあるのかもしれない。

しかし、今更逃げることもできないし、こんな魔物が結界都市に近づいては大変なことになってしまう。

ここで僕たちが倒すしかないだろう。

「……ユリア君。行くよッ！」

「はいッ！」

抜刀（ばっとう）。

ベルさんは腰に差している刀を抜（ぬ）くと、姿勢を低くしたまま地面を駆け抜けていく。

ちょうど川辺ということもあるが、魔法によって水に浮くことはできる。

足に魔力を集中すればできる芸当で、Ａランク対魔師以上であれば容易にできることだった。

僕も同じようにして、水面を駆け抜けていく。

両手には黄昏刀剣（トワイライトブレード）を展開して、ベルさんの隣を併走（へいそう）していく。

狙うべきはあの頭を落とすこと。

八本ある頭を全て落とせば、絶対に倒せるに違いない。

僕とベルさんは、全速力で駆け抜けていく。

そして、僕らの間を縫うようにして後ろから魔法が放たれた。

シェリーたちの後方支援（しえん）だろう。

ヒュドラもそちらに気を取られるので、僕たちは簡単に近づくことができた。

「はああああああああああッ！」

飛翔（ひしょう）。

空高く舞い上がると、勢いを利用して一閃。

ヒュドラの頭の一つを僕は切り落とした。

水面に着地する時には、隣でもう一つ頭がぽとりと落ちた。

どうやらベルさんもすぐに切断したようだった。

このままなら勝てる。

だが、状況はどうやら思い通りには進まないようだった。

「……再生だね」

「ええ。かなり速いですが……」

僕とベルさんはボソリと呟く。

再生。

すでに落とした二つの頭は、瞬く間に再生してしまった。

ヒュドラが再生能力を保有しているのは知っていたが、これほどとは。

どれだけ瞬間的に切り落としても、間に合うことはない……。

ここに残りの二人が加わったとしても、一人二つの頭を同時に切断しなければならないということだ。

それに、後ろの二人では頭を切断することは実力的に厳しいだろう。

「……ユリア君。ともかく、今は戦い続けるよ」

「分かりました」

コクリと頷(うなず)くと僕らは再び、ヒュドラとの戦闘を再開する。

僕はすでに黄昏眼(トワイライトサイト)を展開し、それに黄昏刀剣(トワイライトブレード)で相手の黄昏領域(トワイライトフィールド)に残存している黄昏の粒子を吸収していく。

相手の黄昏領域(トワイライトフィールド)を弱体化させつつ、自分の黄昏刀剣(トワイライトブレード)は強化できる。

それは圧倒的な強みなのだが、このヒュドラはあまりにも黄昏領域(トワイライトフィールド)が強すぎる。

僕が吸収できるとはいっても、それには限りがある。

一方で、相手のヒュドラは少々黄昏領域(トワイライトフィールド)を乱されても問題はないらしい。

頭が八本ある故(ゆえ)なのか、謎(なぞ)ではあるが今はそんなことはどうでもいい。

あの襲撃で戦った古代蜘蛛(エンシェントスパイダー)よりは圧倒的に格上。

そう認識(にんしき)した方がいいだろう。

その後、僕とベルさんは荒(あ)れ狂(くる)う八本の頭を切断し続けた。ベルさんは初めて戦うので、まだ動きが慣れていない。慣れるまでは、僕が先導してヒュドラと戦い続ける。縦横無尽に駆(か)け抜けて、頭に捕(とら)われないように高速で疾走(しっそう)する。

僕は全力で駆け抜けながら次々と首を刎(は)ねていく。

ぽとり、ぽとりといくつもの頭が水の中に吸い込まれるようにして落ちる。

だが再生する速度に変わりはない。

僕らの火力よりも、相手の再生速度の方が上。

再生力にも限界があるのか、なども考えているがどうやら全く衰える様子はない。

このまま戦い続ければ、先に消耗仕切ってしまうのは僕らの方だろう。

「ベルさん。どうしますか？」

「……さて、どうしようか。思ったよりも厄介だね」

一度、後方へと下がる。

相手も僕らの様子を窺っているのか、無理に攻めてきたりはしない。

八本の頭を使って威嚇しながら僕らのことをじっと見つめている。

「……その。私、伝承を聞いたことがあるんですけど」

シェリーがおずおずと発言をする。

それに対して、ベルさんが言葉を投げかけた。

「……何か知っているなら、話して欲しい」

「幼い頃に読んだので、あやふやなんですが……ヒュドラの頭は切断した後に火で炙ると再生が遅くなるって……」

そうか。

それは確かに、有効な手段かもしれない。

このまま無限に戦い続けなければならないのかと思っていたが、どうやら一筋の光は見えた。

「ベルさん」

「……うん。引き続き、ユリア君と私は頭を切断する。後ろの二人はその切断面を日で炙る。やってみよう」

『はい！』

失敗したとしても、特に痛手はない。

その時はまた、別の戦い方を考えればいいだけだ。

再び、僕とベルさんはヒュドラに接近して首を切断しにかかる。

「……シェリーちゃん！　今だよ！」

「はい！」

早速ベルさんは、頭を一つ落とした。

その瞬間にシェリーが切断面を魔法で燃やす。

すると再生はしているが、その速度は段違いに遅い。

シェリーの話は本当だったようだ。

「ベルさん！」

「……分かってる！　このままいこう！」

「はい！」

ようやく戦い方の方針が決まったということで、さらに果敢に攻めていく。

だが、相手も決して馬鹿ではない。

知能が高いのか、先ほどとは打って変わって頭を落とされないようにさらに機敏に動き回るヒュドラ。

首を切断しようとしても、その瞬間に他の頭がカバーするように攻撃を仕掛けてくるので、浅い斬り込みしか入れることができない。

それに、多少の切り傷などは気にしていないようだ。

おそらくは頭を落とされなければ大丈夫という自負があるのだろう。

幸いなことに、先ほど燃やした切断面から新しい頭はまだ生えてきていない。

「ギアアアアアアアアアア！」

ヒュドラが声を荒げる。

相手は僕とベルさんを狙ってくるのではなく、シェリーたちを標的にし始めた。

どうやらヒュドラも考えたらしい。

僕らが前衛と後衛を分担して戦っていることに気がつき、切断面を焼く役割をしているシェリーたちに襲い掛かろうとするが……それは決して僕が許しはしない。

僕はすぐにヒュドラの前に立つと、一閃。

移動しようとするヒュドラの隙を突いて、頭を一つまた落とした。

シェリーは自分たちに標的が移ったことに驚いていたが、すぐに切断面をまた燃やした。

これで二つの頭の再生が遅れている形になる。

僕も相手の動きに慣れてきたようで、首を落とすこと自体はそれほど難しくなってきている。ベルさんもそれは同様である。

「……ユリア君！」

「はい！」

大声でやりとりをする。

どうやらベルさんは戦闘をしながらでも伝えたいことがあるようだった。

「……後六本、一気に持っていける⁉」

その言葉を聞いて、ベルさんは僕にその大役を任せるつもりのようだった。

「……いけます！」

即答する。

彼女はおそらく、この場における役割を判断したのだろう。

ベルさんの刀の技量は凄まじいものだ。

しかしそれは、一対一の戦いで威力を発揮する。

その一方で僕の黄昏刀剣は魔法として具現化しているものなので、自由自在に変化させることができる、
前にベルさんに見てもらった時に、僕の魔法の特性については話してるので、そのことを踏まえて首を切断する役割を僕に任せてくれるのだろう。

「……私がなんとか注意を向ける！　そのうちに、全部落として！」

「分かりました！」

そこで会話は打ち切られる。

ベルさんはさらに深く、ヒュドラに近づいていく。

どうやら狙いは頭ではなく、胴体のようだった。

その間に僕は魔力を貯めておく。

どうやって、一気にヒュドラの頭を六本も落とすのか。

実は僕の魔法ならば可能である。

だが、相手の頭があまりにも機敏に動き回るので、それはできないと思っていた。ベルさんはそのことも含めて、僕に任せているのだとしたら本当に彼女は状況を判断するのが上手いと思う。

僕はベルさんの動きを注視していた。

少しでもタイミングを逃すことがないように、じっとその様子を見つめる。

ベルさんはあろうことか、ヒュドラの目の前で刀を納刀。

抜刀術の形を取る。

そして、僕の耳には微かに彼女が技名を呟くのが聞こえてきた。

「――第八秘剣、紫電一閃」

抜刀。

それと同時に、眩い光が視界を覆ったかと思うとヒュドラの体には大きな切り傷が深く刻み込まれていた。

これこそがベルさんが引き継いでいるという秘剣。

それをこれだけではなく、複数扱えるというのだから伊達に序列二位ではないということだろう。

「……よし」

相手に大きな隙ができた。

僕もまたすでに魔力を貯めることができたので、黄昏刀剣を展開するが……今回の魔法はそこで終わりではない。

駆ける。

相手は大きく傷を受けているにもかかわらず、僕の動きをしっかりと追っていたがベルさんに受けた傷は予想以上に大きく、先ほどよりも動きが鈍い。

僕は思い切り飛翔すると、新しい魔法を展開する。

「――黄昏刀剣炸裂」

瞬間。

僕の両手から展開されている黄昏刀剣が炸裂し、幾多もの刀剣へと変貌する。これは、元々一本だった黄昏刀剣を分裂させるものだ。

理論としては可能だと思っていたので、実行してみたがどうやら上手く発動させることができたみたいだった。

前の襲撃の時とは異なり、今は量も質も格段に上がっている。前はただ無我夢中だったから。

黄昏色に染まった刀剣が枝葉のように分かれていくと、残りの頭に向かって次々と突き刺さっていく。

また、僕はこの炸裂した刀剣を意のままに操ることができるので、思い切り腕を大きく振ると全ての刀剣を操作して一気に全ての首を切断にしかかる。

「ギイイイイイイイアアアアアアアア！」

ヒュドラもなんとか抵抗しているようだが、ベルさんから受けた大きな傷に僕の攻撃も相まってすでになす術はない。

そうしてついに、残り全ての頭が水面に落ちていく。

「シェリーッ！」

大声を上げる

タイミングを見計らっていたシェリーは、そのまま切断面を焼き尽くしていく。

彼女は彼女で、僕とベルさんの動きから大きく仕掛けることは理解していたようで、タイミングよく魔法を発動してくれた。

「はぁ……はぁ……はぁ……」

水面に着地する。

肩で呼吸をしながら、大きく倒れていくヒュドラの最期の姿を見つめる。

巨体は水面に呑まれていくようにして倒れ、大量の水しぶきが僕らを包み込む。

まるで雨のように降り注ぐ水を、受け止める。

なんとか倒すことができた。

おそらく、ベルさんが大きく傷をつけていなければもっと苦戦していただろう。それにシェリーを含めた後方の二人がいたからこそ、勝つことができた。

「……ユリア君。お疲れ様。よくやってくれたね」

呼吸を整えていると、ゆっくりとベルさんが僕の方へとやってきた。

「いえ。ベルさんのおかげで、なんとかできました」

「ううん。ユリア君と、それにみんなの力があったおかげだよ」

「そうですね。それにしても……」

改めて、目の前に倒れているヒュドラの死体を見つめる。

今は死後硬直なのか、ビクッと体が震えていた。

「どうして、ヒュドラがこんなところにいたんでしょうか？」

それは純粋な疑問だった。

そもそも、ワイトが出た件もそうだったし、前の襲撃も同様だ。

結界都市の周りには存在しない魔物が急に現れるようになった。

これは偶然なのか？

それとも、魔物の生態系が変化したからなのか？

いや、これはきっと……。

「……あの件が関係しているのかもね」

「はい。僕もそう思います」

それは前回の襲撃。

そして、詰まるところ裏切り者はより強力な魔物を引き寄せることのできる何かを持っているのではないか。それに、魔人に近い能力を持っているのかもしれない。魔人は魔物を魔法によって召喚できるし、魔物を組織として動かしていたりもする。

このヒュドラが引き寄せられたのか、それとも召喚されたものなのか。その真偽は分からないままだが、明らかに人間を超えている力を持っている。もしかすると、裏切り者は魔人と通じているのか？　魔人から同じような力を授けられている、と考えると腑に落ちるのだが……果たして一体、何が起きているのか。

僕はそんなことを考えていた。

「あれは……？」

ヒュドラの死体から何か輝いているものが見えた気がした。

「少し見てきます」

「……私も行くよ」

僕とベルさんは二人でヒュドラの死体へと近づいていく。

ベルさんが秘剣によって深く傷つけた箇所。

その傷の奥に赤く光り輝くクリスタルのようなものを発見した。

「これは……」

見たことがある。

確かこれは、僕が初めて第一結界都市に移動して戦闘になった時に、魔物から発見したものだった。

それがどうして、ヒュドラにも埋め込まれているんだ？

じっとそれを見ていると、パキッと音を立てて亀裂が入った。

「……ユリア君。これって、確か報告書に上げていたよね」

どうやらベルさんは、僕の上げた報告書に目を通していたようだった。

「はい。あの時も発見したものですが、このヒュドラにもあるということは……もしかして、人為的なものなのかもしれません」

「だね。これはサンプルとして回収しておこうか」

そんなやりとりをベルさんとしていると、後方にいた二人が僕たちの方へとやってきた。

「ユリア！　凄いわね！　最後は一気に全部の頭を落としちゃうなんて！」

「いや、ベルさんのサポートがあったからだよ」

「先生の秘剣も凄まじかったわね……」

シェリーは興奮しているようで、頬が少し赤くなっていた。

それも無理はないだろう。

あれだけの魔物と戦っていたのだから、当然といえば当然だ。

「ん？　あれって……」

どうやらシェリーもまた、あの赤いクリスタルに気がついたようだった。

「あれって……前に見たよね？」

「うん。その時はシェリーもいたね。どうやら、ヒュドラにも埋め込まれていたみたいだ」

「私はよく知らないけど、あのクリスタルって一般的なものなの？」

「いや、そうじゃないね。とりあえずは持ち帰って研究部に回すらしいよ」

「そうなんだ……」

ともかく、無事に戦闘は終了した。

僕らはヒュドラの死体からそのクリスタルだけ回収すると、第一結界都市へと戻っていくことにした。

その際、僕はどこかから視線を感じた。

「……」

バッと振り向く。

視線の先には誰もいなかった。

兆候としては、誰かに直接見られていたわけではない。ただ魔法か何か……特殊な媒体を通じて、僕のことを監視されていたような感覚があった。

まるで首筋がひりつくような感覚とでも言えばいいだろうか。

これまでに経験したことのない視線に僕は警戒心を高める。もしかして、この視線は裏

切り者である可能性もあるからだ。

「……ユリア君。どうかしたの？」

「いえ。見られているような気がして」

「見られている？」

「でも、ベルさんが気がつかないのでしたら気のせいかもしれません」

「確かに、私は感じなかったけど……とりあえず、注意しながら戻ろうか。またヒュドラみたいな大型の魔物に出会うことになるかもしれないし」

「分かりました」

そうして僕たちは、第一結界都市へと向かっていく。

僕がこの視線の正体に気がつくのは、もう少し先の話である。

エピローグ　終わらない戦い

結界都市に戻ると、僕らは今回の件を報告することになった。

報告書としてはまとめているが、改めて一人一人に調査が入ることになった。

といっても別に詰問のような形ではなく、情報を整理するために質問をするというものだ。

僕の担当者は、リアーヌ王女だった。

情報部を統括しているということで、今回は抜擢されたらしい。

「それで、ヒュドラと出会った時に周りに異変はありましたか？」

小さな会議室。

そこで僕はリアーヌ王女と二人きりだった。

目の前の机には温かいコーヒーが湯気を立てている。

「いえ。何も」

「そうですか……以前、ワイトに出会った時は急に魔物の気配がなくなったんですよね？」

「その時はそうですね。ただ、その時はあからさまに魔物がいなくなりました。今回はどうやら、その兆候はありませんでしたが」

「……うーん。例のクリスタルの件といい、もしかすると魔物を人為的に操っている存在がいるのかもしれませんね」

「もしかして、魔人でしょうか」

魔人。

それは人類に敵対している存在ではあるが、結界都市に襲撃を仕掛けたりはしてきていない。

一人一人がSランク対魔師と同等か、またはそれ以上に強いとされているが実態は謎のままである。

そんな魔人が今回の魔物を操っているのか？

それとも、人類側に魔人と内通している者がいるのか？

まだまだ謎は多いままである。

「魔人ですか。その話も情報部では上がっているのですが、まだ謎が多いので……」

「魔人の目撃情報は？」

「全くです。数年前に、ベルの師匠に当たる人が接敵して以来魔人は出てきていませんね。

今回の件では、魔人はあまり関わっていないのではないか……と話は進んでおります。やはり、結界都市内にいる裏切り者が大きく関わっていると思います」

「そうですか……」

不可解な点は確かに残っている。

しかし僕らはまだ裏切り者へと近づけてはいない。

相手も僕らの様子を窺っているのだろうが、簡単に尻尾を出すわけもないのは分かっている。

「そういえば、ユリアさんはベルと同じパーティーになるのは初めてでしたね」

「はい。ベルさんの実力は、序列第二位にふさわしいものでした」

「ベルはユリアさんのことを褒めていましたよ？」

「そうなんですか」

「はい。今回のヒュドラを討伐するのは、ユリアさんがいてくれてとても助かったと。ベルの場合は、一対一の戦いは無類の強さを発揮しますが、ヒュドラのような敵は相性が悪かったので」

「確かにそうかもしれませんね。でも、それを含めてもベルさんは凄まじかったですが……」

今思い出しても、あの秘剣には感嘆を覚える。

抜刀する瞬間をしっかりと見ていたというのに、完璧に目で追い切れることはなかった。

動体視力にはそこそこの自信があるのだが、あのスピードは人智を超えていると言っても過言ではないだろう。

「本当は、私もベルと一緒に戦いたいのですが……私には、黄昏で戦うだけの力はありませんから」

小さな声で、そう漏らすリアーヌ王女。

彼女の表情には、哀愁が漂っていた。

リアーヌ王女がベルさんのことを慕っているのは、知っていた。

話し方や態度から簡単に推察できたからだ。

でもまさか、そんなことを思っていたなんて。

「でも、ベルも最近シェリーさんを弟子にしたようですし。今はちょっとホッとしています」

「どういうことですか？」

「実は昔は、私がベルの弟子になると言って聞かなかったのです。今思えば、到底無理な話なのですが……ベルは断る言葉を選ぶのに大変そうでした」

「それだけベルさんと一緒に戦いたかった、ということですか？」

「そうですね。いつもベルにはお世話になっているので。幼い頃はきっといつか、ベルの横に立って戦うのが夢でした。成長するにつれて、現実を知りましたが」

「もしかして、情報部にいるのは」

「ええ。少しでもベルの力になりたいと思って始めたのがきっかけです」

少し話は脱線しているが、そんな背景があったなんて。

どうして王女様が情報部にいるのか疑問だったが、その話を聞いて納得した。

「と……脱線してしまいましたね。質問を続けます」

「はい」

僕はそれからいくつかの質問に答えると、無事に話は終わった。

その後は、エリーさんと会う約束をしていたので彼女の研究室に向かっている最中だった。

今回の戦い、それにあの小さなクリスタル。

エリーさんなら、何かを掴んでいるのかもしれない。

クリスタルは研究部に回してあるので、エリーさんならきっとすでに分析を始めているに違いない。

僕は彼女の研究室の前に到着すると、コンコンとノックをする。

「……また寝てるのかな？」

反応がなかった。

前回も同じようなことがあったので、特に驚きはしない。

鍵は開いているようだったので、僕は室内に入っていく。

すると、机に突っ伏して寝ているエリーさんがいた。

「エリーさん。起きてください」

揺するが、起きる気配は全くない。

完全に熟睡しているようだ。

「エリーさん。起きてくださいって……ん？」

水音がする。

ぴちゃ、ぴちゃっと何かが零れ落ちているような音だ。

床を見つめる。

その瞬間、僕は自分の顔が青ざめていき、最悪の可能性が頭を過ぎる。

「エリーさん⁉」

彼女の体を無理やり起き上げる。

そう。

エリーさんは目を閉じているが、熟睡しているのではない。

「あ……あぁ……！」

声にならない音を漏らす。

彼女の心臓には大きな穴が開いていた。

そこから血液が溢れ出しており、白衣は真っ赤に染まっていた。

僕はまだ助かるかもしれないと思って、治癒魔法をかけようとする。でもその前に……

確認するべきことがあるだろうと思って、死の兆候を確認する。

脈拍は……停止している。

まだ体が温かいことから、死後それほど時間は経っていないはずだ。

しかし……間違いなくエリーさんは死んでいた。

その死の兆候は否応なく、僕に非情な現実を突きつけてくるのだった。

エリーさんと協力することで研究はさらに進み、黄昏因子によって僕らは不可侵領域にも進むことができる……そんな希望のある未来を話していたのに……。

どうしてこんなことが起きてしまったのか、この時はまだはっきりと分かっていなかった。しかし、間違いなくこれは裏切り者が仕掛けてきたということだろう。

いいだろう。

相手が仕掛けてくるのならば、こちらも打って出るべきだ。

義憤。

僕は心の中に微かな怒りを灯す。決して感情に呑まれることはないが、相手に対しての明確な敵意をしっかりと心に刻み込むのだった。

Sランク対魔師残り、十二名——。

あとがき

初めましての方は、初めまして。一巻から続けてお買い上げくださった方は、お久しぶりです。作者の御子柴奈々です。

この度は星の数ほどある作品の中から、本作を購入していただきありがとうございます。

さて、二巻はいかがでしたでしょうか？

実は二巻は完全書き下ろしのエピソードになっております。ウェブ版とは基本的にキャラクターなどは同じですが、ストーリー展開が異なっているのでウェブ版を既読の方にも楽しんでいただけたのなら幸いです。

これより先は二巻の内容を振り返りますので、ネタバレが嫌な方は是非先に本編をお読みいただいてから続きをお読みください。

最後のシーンですが、この巻ではまだ裏切り者は明らかになっていません。ただし、暗躍している相手も焦っているのか、それとも……。あのシーンから色々と想像して、次巻の三巻もご期待していただければ嬉しいです。

ユリアが少しずつ成長しているシーンなども、今後は描いていけたらな……と思っております。対魔師としての能力もそうですが、精神的にも大きく成長していく姿を描けたらと。

また、この二巻では新キャラクターが何人か登場しましたが、私は特にベルが好きです！ ウェブ版の頃からお気に入りのキャラクターだったのですが、こうしてイラストとして上がったのを見て感無量でした。彼女の活躍もいずれ描こうと思っておりますので、お楽しみに！

ということで、こんな感じでしょうか。触れたい部分は多々ありますが、あとがきも制限がありますので……ここまでということで。

謝辞になります。

岩本ゼロゴ先生、今回もイラストを担当していただき本当にありがとうございました！ 先ほども言及したように、ベルのイラストは最高でした！ 他にも全てのキャラクターが魅力的で（私はベルとエイラがお気に入りです）、本当に感謝しかありません。

担当編集様には、今回もとてもお世話になりました。いつも的確なご指摘に、アイデアのご提案など助かっております。本当に、ありがとうございます。

最後にコミカライズの続報になります。

本作のコミカライズですが『コミックファイア』にて連載が決定いたしました！　作画を担当してくださるのは『水清十朗先生』です。

二〇二一年三月連載予定となっておりますので、ご期待していただければと思います！

それでは、また三巻でお会いいたしましょう。

二〇二一年　一月　御子柴奈々

HJ文庫 http://www.hobbyjapan.co.jp/hjbunko/
920

追放された落ちこぼれ、辺境で生き抜いてSランク対魔師に成り上がる2

2021年2月1日　初版発行

著者――御子柴奈々

発行者―松下大介
発行所―株式会社ホビージャパン

〒151-0053
東京都渋谷区代々木2-15-8
電話　03(5304)7604（編集）
　　　03(5304)9112（営業）

印刷所――大日本印刷株式会社

装丁――BELL'S／株式会社エストール

Printed in Japan

ISBN978-4-7986-2417-4　C0193

ファンレター、作品のご感想お待ちしております

〒151-0053　東京都渋谷区代々木2-15-8
(株)ホビージャパン HJ文庫編集部 気付
御子柴奈々 先生／岩本ゼロゴ 先生

アンケートはWeb上にて受け付けております

https://questant.jp/q/hjbunko

● 一部対応していない端末があります。
● サイトへのアクセスにかかる通信費はご負担ください。
● 中学生以下の方は、保護者の了承を得てからご回答ください。
● ご回答頂けた方の中から抽選で毎月10名様に、HJ文庫オリジナルグッズをお贈りいたします。

コミカライズ
2021年3月より
連載開始予定!
漫画：水清十朗
原作：御子柴奈々
キャラクター原案：岩本ゼロゴ
「小説家になろう」発、
学園無双ファンタジー!
第①②巻好評発売中!
第③巻は初夏発売予定!

追放された落ちこぼれ、
辺境で生き抜いて
Sランク対魔師に成り上がる
御子柴奈々
イラスト：岩本ゼロゴ
HJ文庫

Hobby Japan Novels
「HJネット小説大賞」受賞作！
御子柴奈々が贈る
「小説家になろう」発、
錬金×農業ファンタジー!!

亜人の眷属となった時、無能は最強へと変貌する!!

最弱無能が玉座へ至る

～人間社会の落ちこぼれ、亜人の眷属になって成り上がる～

著者／坂石遊作　イラスト／刀 彼方

能力を持たないために学園で落ちこぼれ扱いされている少年ケイル。ある日、純血の吸血鬼クレアと出会い、成り行きで彼女の眷属となった時、ケイル本人すら知らなかった最強の能力が目覚める!!　亜人の眷属となった時だけ発動するその力で、無能な少年は無双する!!

シリーズ既刊好評発売中

最弱無能が玉座へ至る 1
～人間社会の落ちこぼれ、亜人の眷属になって成り上がる～

最新巻　最弱無能が玉座へ至る 2

HJ 文庫毎月 1 日発売　　発行：株式会社ホビージャパン

常勝魔王のやりなおし１ ～俺はまだ一割も本気を出していないんだが～

著者／アカバコウヨウ
イラスト／アジシオ

小説家になろう発、最強魔王の転生無双譚！

最強と呼ばれた魔王ジークが女勇者ミアに倒されてから五百年後、勇者の末裔は傲慢の限りを尽くしていた。底辺冒険者のアルはそんな勇者に騙され呪いの剣を手にしてしまう。しかしその剣はアルに魔王ジークの全ての力と記憶を取り戻させるものだった。魔王ジークの転生者として、アルは腐った勇者を一掃する旅に出る。